仏教者の戦争体験

仏教タイムス社編集部

はじめに

平成27年（２０１５）は戦後70年にあたり、各地で追悼行事やイベントが開かれた。とりわけ仏教界に属する教団は、法要や声明などを通じてかつての戦争協力に対する懺悔を改めて示したりした。

一方で、安保関連法の成立は、学生や労働者が主流だった１９７０年の「70年安保」とは違った意味で、多くの国民に「戦後70年安保」と記憶されることであろう。東日本大震災では、東京電力福島原子力発電所事故により原子力発電への懸念から、これまでデモには遠いと思われていた母親や市民たちが参加するようになった。その延長線上で、憲法を無視してまで集団的自衛権の行使に急ぐ政府に対して、市民は怒りをぶつけた。仏教界・宗教界も呼応し、連帯した行動があった。これもまた従来の仏教者の運動とは異なる超宗派・超世代の運動として記憶されるであろう。

さて、よく知られた言葉にイギリスの歴史学者Ｅ・Ｈ・カーの「歴史とは、現在と過去との対話である」がある。歴史から我々は何を学び、何を未来へとつなげていくのかが、いま問われている。

広島や長崎の被爆者の平均年齢は80歳を超えた。戦争体験世代も減少してきている。総務省の発表によれば、戦後世代が人口の8割を超した。すなわち戦争を知らない世代が圧倒的なのである。しかし、戦争体験世代から学ぶことは少なくない。戦争を体験したからこそ、平和の尊さが実感できると体験者は口にする。

仏教タイムスでは終戦60年にあたる平成17年（2005）からたびたび仏教者の戦争体験を掲載してきた。第一部「体験集」と第二部「寄稿・レポート・記事」で合わせて44人が登場する。戦地に赴いた人や空襲に遭遇した人、戦争犯罪人（戦犯）とされた人、シベリア抑留者、そして女性の体験などである。記事は一人称であったり、三人称であったりするが、戦争を知らない記者たちがそれぞれ苦労しながら記録したものである。それぞれの特色を味わってもらいたい。

本書が、時空を超えた対話の機会になれれば幸いである。

平成27年（2015）10月

仏教タイムス社編集長　工藤信人

仏教者の戦争体験　目次

（肩書きは当時）

第一部　体験集……11

平和は人間の見果てぬ夢　福富雪底　臨済宗大徳寺派前管長　12
当然生きて帰るとは思わず　叡南覚範　比叡山延暦寺長臈　16
死ぬ覚悟で不発弾処理　紀野一義　真如会主宰　20
〝こだわり〟が平和運動の原点　信楽峻麿　龍谷大学名誉教授　24
軍隊数日、勤労動員の日々　小島昭安　曹洞宗永源寺住職　28
お地蔵さまに助けられた　笹川亮宣　曹洞宗観音庵住職　33
焼け野原の彼方に築地本願寺　早島和子　浄土真宗本願寺派宣正寺前坊守　37
原爆雲は南京かぼちゃの形　猪原妙政　日蓮宗法音寺東京支院主管　41
わなきながら見た大空襲　守山球枝　真言宗豊山派仏教婦人会会長　45

花まつりを語る
修証義、空襲、ボランティア　小山内美江子　脚本家　49

ハンセン病隔離100年　講演者　佐川修　多磨全生園入所者自治会会長　**222**
日系仏教徒の戦争　長谷川良子・安孫子洋・水野ハリー義徳　長島幸和　ジャーナリスト　**234**
ビキニ水爆実験　第五福竜丸以外の漁船も被ばく　柿田睦夫　ジャーナリスト　**247**
戦犯を追悼した〝終戦仏教〟　**251**
韓国・朝鮮人BC級戦犯問題を伝えるパネル展　**258**
あとがき　山崎龍明　**262**

※各証言及び寄稿等の前に週刊仏教タイムスの企画名と掲載日を記した。
また本文の一部を加筆、修正した。（一部敬称略）

第一部

体験集

終戦60年企画「戦争と平和」2005年1月1日

平和は人間の見果てぬ夢

福富　雪底
臨済宗大徳寺派前管長
広徳寺前住職
（東京都練馬区）

戦後になって、戦前は戦争なんか大反対だったと言う人がいるけれども、真から反対しておったかどうか。今の北朝鮮と照らし合わせるとよく分かる。親や兄弟を「人質」に取られて、言いたいことが言えるはずはない。批判者は捕えられたりし、逃亡兵は殺されたりするんです。

われわれの世代は昭和18年に学徒出陣。学生の徴兵猶予が撤廃されて、とにかく病者じゃなかったら兵隊に駆り出された。普通の私立大学は予科と本科で6年のはずだった。それが繰り上げ卒業だったり、半年で1学年という状況だった。大学では軍事教練が重要視され、その成績が悪いと卒業できない。ですから、われわれの仲間で当時21、22歳の青年も、戦争が終わったら戦争反対みたいな顔をしてますけど、そんなことはなかった。

最初に仙台の予備士官学校へ行き、次の入校者がくると、今度はサイゴン（現ホーチミン）の南方司令部かなんかで追加教育をするという。昭和19年9月、仙台から汽車で博多に行き、そこから船で台湾の高雄に入った。何隻か攻撃でやられましたが、大半は無事でした。もちろんわれわれは船底の蚕棚状態で、潜水艦に狙われたら終わりです。

目的地はサイゴンだったけれども、攻撃が激しくて台湾から船が出なかった。そうこうしているうちにマラリアに罹って台湾に残ることになった。そして連日のように米軍機が飛んできて爆弾を落として行った。カレン港にいたわれわれの間では「カエレン（帰れん）港」と呼んでましたよ。色んな地域から将校が集まりましたが、一番ひどかったのは銃。中学校には使い古しの銃が何丁か置かれていて、その使い物にならない銃をもってわれわれは台湾に行ったんです。当たるか当たらないか分からないような鉄砲です。

台湾には10月初めに入って、そのうち沖縄に上陸することになった。マラリアは熱が出ると動けないけれども、普段はそうでもなかった。沖縄行きは、幸いにもと言っていいのか、宿舎だった東本願寺別院一帯がマラリアとは違う伝染病が起こり、足止めを食った。その間に沖縄行きの部隊が決まった。兵隊としては役立たずだった。沖縄に行った部隊はみな戦死しました。

今の北朝鮮を変な国とみな見ていますが、60年前70年前の日本がそうだった。戦争反対なんか言えるはずがない。大正大学の同級生は、指がないと鉄砲が撃てないということで、それをした。露見して彼の親は要職をすべて辞めました。だから今の北朝鮮のことを笑えないんです。何かあれば一族郎党に迷惑をかけることになる。お上には逆らえないんですから。

8月15日の終戦は台湾の司令部から何時間かして報告が来た。ホッとした。一番最初に喜んだのは電気がつけられること。それまでは灯火管制で電気はつけられなかった。それが煌々とつけられる。一番印象に残っている。

終戦翌年2月ぐらいに東京・上野にあった広徳寺に戻り、4月には九州の梅林僧堂に入った。これはあまり他言していなかったけれども、京都の僧堂には食う物がないという話だった。九州ならまだ良かろうということで入った。それから師匠の理解もあり15年間僧堂で修行しました。

こういう言い方が良いのか。平和というのは人間の見果てぬ夢なんですよ。戦争の方が儲かる人もいる。平和はないもんだから、いつまでも平和を言う。平和というには、まず自分が平和になっているかどうかです。

私は20年前に胃がん、肝臓がん、前立腺がんをやった。病気を嫌っていたらどうにもならない。それでいつの間にか、病気を追い出すようなことはしなくて、一緒にうまくやって下さいと考えるようになった。そして主治医も同じように腸がんを患い、「立派なお医者さんになりましたね」と言いましたよ。

期待に添えないかも知れないが、そんな気持ちです。

【大正10年（1921）9月生まれ、平成17年（2005）10月死去】

終戦60年企画「戦争と平和」２００５年１月１日

当然生きて帰るとは思わず

叡南　覚範
比叡山延暦寺長臈
天台宗建立院住職
（滋賀県大津市）

私は志願して軍に入隊したものです。昭和19年10月、満17歳10カ月で入隊しました。その当時は当然生きて帰ってこようとは思っていません。死ぬのが当たり前という考えでした。「一旦緩急あれば義勇公に奉じ」で、私の同世代の人間はどんどん戦争へ行きました。

近所の2つ年下の子は予科練へ行ってすぐに戦死したものです。

私が入隊したのは青森県八戸でした。はじめは野戦砲兵を希望したのですが、身体が小さいからと特別幹部候補生として所沢陸軍整備学校八戸教育隊へ回されたのです。その後昭和20年3月に入間川の陸軍航空士官学校へ転属になり、そこで終戦を迎えました。

八戸では飛行機を疎開させたり、飛行場の雪除けであけくれ、整備はあまり習わず、訓練で徹底的に絞られました。軍隊は中隊の下に25~30人位の班があり、下士官が班長になるのですが、それぞれタイプが違う。部下を絞る班長もいれば、そうはしない班長もいました。私らの班長は意地悪でした。ある時ストーブ掃除を済ませ、顔に煤を付けたまま朝礼の列にすべり込んだことがありましたが、それだけで手袋をした手で班長に殴られました。ひどい班長になると部下全員を机の上に直に半日も正座させてもいた。ちょっとでも姿勢を崩すと殴る。それでも、いくら絞られても軍隊とはそういうものだと覚悟はしていました。

軍隊については色んな意見があるでしょうが、今になってみると私には懐かしさだけです。殴られた時は「コンチクショー!」と思いましたが、今は昇華されました。私たちの中隊は150人位いましたが、逃げたのは一人もいません。隣りの中隊で一人いましたが、大半の者は国のためにと辛抱しました。今日元気でいるのはそのお蔭だと私は思っています。

みな軍隊で鍛えられ社会に出ていった。だから戦後強かったんです。くしゅんとしていたらこんな豊かな社会ができる訳がない。みな必死になってやれたのは強さを持っていたからです。だけど今は殴ったら悪い、非暴力、それがいいんだと。人間がどんどん弱くなっている。だからインターネットで3人も4人もかたまって死んだり、親を殺す、子を殺す。強さがあったらそういうのは出て来ないはずです。弱くなったからそういう現象に出てくる。私はそう見ている。私らみたいに鍛えられた人間はそうはしません。

青森にいた時、神風特攻隊の第1次攻撃がありました。私の班の中に「大井」という候補生がいてその兄さんが神風特攻隊で突っ込んで亡くなったのです。教育隊が全部集められ、「大井候補生の兄さんが神風第一次攻撃隊で壮烈な戦死をした」と発表がありました。その時はやはり衝撃でした。しかし、どこへ行きたいかとアンケートを取られたことがありましたが、南方でみな死んでいましたから、私は「南方」と書いたものです。

敗戦は入間川で迎えたのですが、米軍が来るまでそこで待機という通達でした。それで、いざとなったら刺し違えようと思い、牛蒡剣（銃剣）を砥石がないから石で磨いていました。それが突如復員ということになりました。

話が前後しますが、玉音放送は、航空士官学校の広場で士官候補生と一緒に聴きました。

スピーカーからの放送は私らにはもう一つよく分からなかったのですが、終わったとたんに士官候補生はウワァーッと一斉に兵舎に走り込み、武器を持って自動車に乗り、東京へ行って警視庁、新聞社などを占拠して戦争を継続しようという動きもありました。

戦争体験を私はよかったと思っています。私は両親が小さい時に亡くなり、東京・北品川の「聖天行者」渡辺援信さんの家へ預けられたのですが、たいへん泣き虫でした。小学校へ育ての母に連れられて行っていたのですが、母がいなくなると不安でたまらず泣いていました。その人間が今日これだけ気の強い人間になったのは軍隊で鍛えられ試練を経たからです。少々のことには負けてられんと辛抱できる心身ができたと思っています。

【昭和元年（１９２６）12月生まれ】

終戦60年企画「戦争と平和」２００５年１月１日

死ぬ覚悟で不発弾処理

紀野　一義
真如会主宰
正眼短期大学副学長
仏教学者

私は沖縄の逆上陸部隊に入れられていました。その輸送船団13隻が昭和20年1月門司港を出港しました。無茶苦茶な作戦でした。海軍の護衛艦がほとんど沈められ、私が乗っていたサマラン丸1隻だけが残り、命令で台湾のキールン港に逃れよ、ということでした。

12隻１万２千人が戦死という無惨な戦いでした。

上陸後の私は、台湾に来た金沢の九師団に配属されましたが、当時の台湾は大変でした。毎朝７時頃になると米軍戦闘機、爆撃機が来て集中爆撃です。陣地でもないところにまで雨霰のように落としていく。そのすさまじい銃撃爆撃は、戦争が終わるまで続きました。

私が帰国までに処理した爆弾の数は１７５２発。みんな２５０キロ、５００キロ爆弾ですよ。ギネスに載ってもいいくらい。専門の処理隊も失敗して爆死しています。私もやるたんびに死にかけました。多いときで１日50発も処理しました。信管が違うのもあり、中には時限爆弾もあります。一発ずつ死にかけるんです。死ぬ覚悟がないとできませんよ。

私が街を巡察すると見物人が出ましたよ。奥さんや娘さんが「おはよう」と手を振るんです。ほかの隊長だったら絶対ないことです。ほとんどの人が爆弾処理で助けられた人たちだからで、命の恩人と慕ってくれたわけです。

昭和20年戦争に負けて、21年まで中国軍の捕虜でした。捕虜と言っても、中国軍の教官です。日本軍の武器を押収したけれども、彼らは武器の扱い方を何も知らなかったのです。21年３月に日本に帰れることになり、広島の大竹港に入りました。広島はまるで廃墟で、もちろんお寺（顕本法華宗本照寺）は跡形もありません。雨の中に塔婆が一本斜めに立っているだけで、お経をあげて帰ってきました。原爆が落とされたことはその日のうちに知っていましたから、両親も姉妹も生きてはいまいと覚悟はしていました。その通りになりました。天涯孤独になったのです。

東大印哲で学んでいた2年次に学徒出陣。昭和18年12月1日、広島5師団の工兵連隊に入隊させられました。それから陸軍工兵学校に入って、将校教育を受けて見習士官になり、台湾に行ったわけです。

復員してからは、岡山県の津山のお寺に嫁いでいた姉の所に居候しながら、お寺の再建と復学のための学資をなんとか集めました。やっと建てたそのお寺は亡くなった親父の友人が4人の子どもと大連から帰国して路頭に迷われていたので、その人に譲り、その人が継ぐことになりました。私は再び大学に戻り、やっと卒業すると、宮本正尊先生が特別研究生にして下さいましたが、とにかく食うのに大変な時代でした。

今の日本人は戦争のことを全然知らない。「戦争はダメ」といくら言ったってそうはいかない。戦争をしたこともない、見たこともない、本当はあまり考えたこともない人が、「戦争は道徳に反しています」といっても、そんな道徳やモラルで戦争をするわけではない。生きるためにしょうがなくてやるんですよ。

戦争が好きな国もあるだろうけれど、でもやらされている兵隊は、戦争して死にたくはないんです。命令だからするんであって、反対すれば銃殺です。簡単に「戦争は罪悪です」というわけにはいかない。非道なことが行われている国の人たちのために、その国へ行き、侵略者と戦うことは罪なのか、と問えばそんなことはない。誰かが助けにいかなければならないのです。

仮に、どこかの国が日本の海岸に上陸してきたらどうするか。先日そんな話が出たら、戦争に行った友人たちは皆、即座に「俺は銃を執ってその海岸に行くよ」。21、22歳で戦争に行き、今はもう80を越えた連中みなそういう考えでした。

戦争で負けて一番苦労するのは、戦争に行かない普通の人、老人や女性や子どもたちなんです。それを守るというのは男の義務です。そういう状況になれば今でも、私は行くと答える。私らの世代は義務感が強い。たとえ自分が死んでも行かなければ、という人生をずっと送ってきたから、あまり迷ったりしないのです。今いわれている平和論は、そういう自覚のある平和論かどうか疑問ですね。

【大正11年（1922）8月生まれ、平成25年（2013）12月死去】

終戦60年企画「戦争と平和」2005年1月1日

〝こだわり〟が平和運動の原点

信楽　峻麿

龍谷大学名誉教授
仏教伝道協会理事長

私は中学生の時、結核でした。母は私が小学生の時結核で死んで、姉も女学校時代に、兄も龍谷大学時代に結核で死んでいます。医者には「20歳まで生きられない」と言われ、その頃私が勉強していると「勉強していたら死ぬぞ」と父に怒られたこともありました。

それほど身体が弱かったのです。その私が満19歳にならないのに学徒出陣で兵隊に引っ張り出されたのです。敗戦の年1945年7月1日に北海道旭川に入隊ということでした。

私が中学生の時、勤労動員で呉（広島県）の海軍工廠に中国地方の中学生の多くが引っ張り出され、私もそこに少しいたのですが、病気になって田舎に引き上げ、家でぶらぶらしていました。やがて大学に行くという話になりました。あの頃、教員になるか理工系に進むなら徴兵を延期できる制度があって、私は身体が悪いこともありましたから、理工系には向かないが、教員になって少しでも兵役から逃れようと思ったのです。それで広島師範、今の広島大学教育学部に入りました。ところが、状況が変わって4月に入学して6月には兵隊へ引っ張り出されたのです。

後で分かったのですが政府は大学生を集めて国土防衛軍の指揮官養成を考えていたのです。戦後新聞に出たのですが、男子60数歳までを全部集めて最後の決戦をやろうという。米軍が至る所へ上陸してくる。その時爆薬を持って、戦車が来たらその前へ行ってしゃがめということでした。そうしたら戦車が吹っ飛ぶ。それを指揮して最後の防衛をする、そのために大学生を集めたのです。

特に師範学校の学生はその時代は国家から金をもらっていました。授業料も要らず、その代わり教員の仕事をしろというわけです。だから私たちは私立大生より先に引っ張り出されました。そして北海道に行くと学生ばかり集まっていました。私も砲兵というので馬を引いて大砲を引っ張るということもしたり、来る日も来る日も穴を掘って突っ込む訓練をしていました。

私はそういうことをしていたのですが、小中学校時代の多くの友達は原爆の日にたくさん死にました。広島市街にいたわけです。8月6日入隊というのもあった。だから親と一緒に死んだのが多かったのです。広島に親類が多くありましたから、私の従兄弟や再従兄弟は多くが原爆で死にました。骨も何も残っていません。私は北海道へ引っ張り出されたから助かったのです。

その時は東京の上野駅に集合ということでしたが、東京の街は焼けただれていました。東京大空襲の後で、上野駅でも、今でも忘れませんが、水道がジャージャー流れ出るやら駅前は焼け野原です。大きなハエがわんわん飛んでいました。考えてみたら色んなものが空襲の後で燻っていたのでしょう。6月終わりですから、そういう時でした。

上野から列車を仕立てて北海道へ行きました。私は肋膜炎で微熱が続いていて、入隊時の身体検査では「お前みたいな者は、兵隊に使えるか、帰れ」と言われたのです。広島から2日か3日かかってせっかく行ったのにですよ。それでおむすびをもらって旭川の駅を出て帰ろうとしたら、青函連絡船は米軍の潜水艦が出没して危険だという。それでまた兵舎へ戻りました。軍隊では毎日が訓練で死に物狂いでした。

敗戦で故郷に帰ってから、私は小学校時代からの一の友達の母親に会いました。その友達は私の寺の檀家の子で、私の家から4、5軒離れた所の家でした。しっかりした男でしたが、それが早くから海軍に出ていたのです。その時です。その母親から「あんた元気で帰ってよかったな。うちの息子は死んだよ」と言われ、これが私の胸に非常にこたえました。生きて帰って悪かったというのが私の思いでした。それがずっと長く私の「こだわり」になったのです。

そしてその「こだわり」が、今日に至るまでの私の戦争責任追及、反戦平和運動、憲法9条護持、靖国反対運動などの原点になっているわけです。

【大正15年（１９２６）9月生まれ、平成26年（２０１４）9月死去】

終戦60年企画「戦争と平和」２００５年１月13日

軍隊数日、勤労動員の日々

小島　昭安

曹洞宗永源寺住職

口演童話家

（静岡県富士市）

※写真は旧制中学校時代

火事で無くなってしまったのですが昭和16年12月8日の開戦から私は日記に戦争の記録を残していました。当時私は旧制富士中学（現、県立富士高等学校）の1年生で、終戦となる昭和20年8月には、旧制中学の4年でした。従って中学時代の全てが戦時下のことです。当時の中学は全学年、軍事教練が日課で、毎日銃を持っての厳しい教練で鍛えられ、しぼり上げられたものでした。

同級生は予科練や海兵、陸士、陸軍幼年学校へ数多く志願したものです。私も航空隊に志願した経験があるのですが、それを知った母が、「寺の長男が居なくなっては困る」と涙ながらに嘆願したところ、当時の担当官が、情にほだされたのか、珍しいことに除隊を許可してくれました。ですから私の軍隊経験は2~3日位のもので、後は勤労動員の記憶が大半です。

この辺は農家が多く、戦争初期の昭和16~17年くらいの農繁期には、よくその手伝いをさせられました。つまり「農繁期勤労動員」です。6月には麦の収穫、10月には稲刈り。これは当時どの中学でもやらされたことで、全て手作業。ゴムが貴重ですから、リヤカーもタイヤのない大八車だった覚えがあります。さらに昭和18年からは陸軍省の要請で、富士市内の飛行場建設に動員され、山梨高専（現、山梨大学）の生徒と共に作業にあたりました。これも工作機械があるわけでなく、当然、手作業。それも真夏の暑い盛りで、食料もコーリャン飯（高きび）しかないわけです。これがパサパサで腹に合わない。作業中にはバタバタ人が倒れていき、私も作業中に倒れて3日間くらい寝込みました。

とはいえ作業は夏休みもなく強行され、完成した飛行場に最新式の飛燕（三式戦闘機）

が着陸した時には、嬉しくて「ばんざーい」と思わず声が出たものです。当時、学校は月・水・金の3日間。その他は飛行場を作っていたのですから、学問なんか殆どやれなかったわけですが、戦後はおかしなもので、そのような境遇にあった人の多くが教員になっています。

富士市は東京や横浜方面の爆撃路で、空襲は殆ど無かったのですが、この飛行場を発進した飛燕がB29を撃墜するのを目撃したこともあります。その時、私は自坊に駐屯していた兵士と空を見ていたのですが、編隊飛行をするB29に向かって、単機で飛燕が突入。3千メートルくらいを飛ぶB29に向かって下から打ち上げた弾丸が爆弾倉に命中し、1機が木っ端微塵になってしまいました。そのB29（ウィアー・ウルフ号）からは乗員がパラシュートで脱出したのですが、その直後には近隣の農民が鎌や鍬など刃物という刃物をもってその米兵を取り囲み襲撃する事件もありました。幸いなことに憲兵がその場をおさめましたが、それがなければ確実に米兵は殺されていたと思います。「家の息子を帰せ」などと叫び、眼を血走らせる人も大勢いたのです。

その後、私は終戦まで入山瀬という場所にある佐野鉄工に動員されました。ここは海軍の管轄で輸送船用のウィンチなどを作っていた所です。この頃になると学校は週に2日、土日もなく作業です。私達は連日厳しい作業にかり出されたわけですが、そのおかげで衣料や米などが特配（特別配給）になるという特典もありました。「産業戦士」への特配というワケです。

また、同時期に自坊には、沖縄戦に参加できなかった岡山の連隊が駐屯し、寺の裏にある白銀山を徴収して地下トンネルを掘る作業をしていました。富士市を流れる富士川から上陸する米兵を邀撃するための陣地構築作業です。彼らは自坊だけでなく、近くの実相寺（日蓮宗）や農協、学校まで占拠して作業にあたりました。彼らも終戦まで駐屯し、「終戦の詔勅」も共に聞きました。

思えば戦争中には色々な人が我が家に居ました。兵士以外にも、戦前の外務省顧問を務めた望月松太郎氏もその一人です。電波状況が悪く「終戦の詔勅」を聞き取れなかった我々に「戦争は終わりました」と教えてくれたのが彼でした。我々が「本当か！」と驚く中で、静かにそう解説してくれたことが今でも印象に残っています。

終戦60年を迎え、「平和」の大切さが重視されていますが、「平和」を考える上で、戦争体験はやはり重要だと考えます。本当の平和は、陰惨な戦いや様々な葛藤を経て体現されるものです。「戦争をやれ」ということではありませんが、平和は様々な現実を踏まえねば実現しないことも確かなのです。戦争を通ったものの平和主義には体験に裏付けられた真実があります。その意味でそれを後世に伝えることで、平和への自覚、実践が生まれることが強く望まれます。

【昭和４年（１９２９）４月生まれ、平成18年（２００６）１月死去】

お地蔵さまに助けられた

笹川　亮宣
曹洞宗観音庵住職
（東京都新宿区）

終戦は現在の伊勢原市子易にある龍泉寺で迎えました。師匠の寺です。月遅れのお盆のさなかで棚経に歩いた頃です。その日、玉音放送があるというので、午前中の棚経を終えてお寺に戻りました。玉音放送がどんなものかもわからないし、天皇陛下のお声が聞こえると言うことで、正座をしてラジオに向かっていました。私と師匠と奥様の３人です。雑音がひどくてよく聞き取れませんでしたが、「忍び難きを忍び」というのはわかりました。どんな内容だったかを師匠に聞くと、「日本が戦争で負けたんだ」と。その時師匠はがっかりして、「棚経は終わりだ」と言って午後の棚経には出かけませんでした。戦争が終わったというよりも、戦争に負けたと力を落としていました。師匠だけでなくみんな力を落としていました。それが20歳のときです。

◆

大正14年、富山県の東にある笹川村（現朝日町）という小さな村に生まれました。昔から信仰心の篤い地域です。小学校の卒業式を終えるとすぐ、おばがいた東京の観音庵に連れてこられました。尼僧さんの寺でした。２日後、剃髪しました。田舎の寒村で、女の人が進学できるというのはよほどのことでした。ですから剃髪することに迷いはなかったですね。そうなんだなという感じです。

電車を乗り継いで駒沢高等女学校（世田谷区弦巻にあった）へは5年間通いました。山上曹源先生（後に駒澤大学学長）が校長先生。1千人を超える生徒がいました。つるつる頭は私一人でした。学校は道元禅師の教えを建学の精神として実践されていました。生徒には道元禅師の聖典をまとめた「聖訓」という経典みたいなものが配布され、正念中に一章ずつ読んでそれを山上先生が解説して下さいました。これが私の基礎をつくったと思っています。山上先生のご家族とは今もおつきあいさせて頂いております。

女学校を卒業して昭和18年4月8日、名古屋の尼学林（現愛知専門尼僧堂）に入りました。お坊さんになるための修行です。150人から160人ぐらいいたと思います。名古屋も昭和19年頃から空襲が激しくなり、私たちも工場へ勤労奉仕でした。そこへ通う途中で大きな地震（三河地震）が起きたこともありました。

空襲が激しくなり昭和20年3月20日に東京の観音庵に戻りました。東京大空襲の後で庵主さんは田舎に疎開し、留守番の老夫婦がおりましたがすぐ帰省されました。5月25日は山手大空襲です。B29が落とす焼夷弾はまるで雨のようでした。私は爆風で目を負傷し、近くにあった陸軍病院に何とかたどり着き、洗眼してもらいました。翌日戻ると周りは焼け野原。遺体もあちこちにあり、自分も手を合わせました。その日から境内にあった防空壕生活が始まりました。昼は片付け、夜は防空壕。みんなが同じような生活でした。漬け物樽は焼けてしまいましたが、漬け物のたくあんが残っていて、それを食べていました。ごちそうでした。防空壕のところにお地蔵さんがあり、この間はお地蔵さんに助けられたと感謝しています。お地蔵さんはいまも境内にあります。

山手大空襲を心配して龍泉寺の師匠が迎えに来てくれて、5月末か6月に疎開しました。

すべて焼けましたから持参したのはブリキのバケツ一つ。しばらく使いました。師匠は後々まで「お前はバケツ一つだけだったな」と笑いながら仰ってました。本尊や宝物は神奈川のお寺に疎開させていましたので無事でした。

戦争が終わり、母が「帰ってきなさい」と声をかけてくれましたが帰りませんでした。それから田舎の人が本堂再建のために材木を調達してくれることになりました。ところが、10畳分の木材を送ってきたのですが途中で何度も抜かれたようで、6畳分にしかなりません。それでも昭和25年に完成しました。29歳で観音庵住職になり、住職歴も50年になりました。もののない時代でしたので、ものの有り難さがよくわかります。今はありすぎて有り難さがわからなくなってきています。何ごとも辛抱できます。

戦争の激しさを体験しつつ、いのちが助かったわけですから、戦争だけは絶対してはならないですね。それから仏さまを信じ切ることです。私は本当に仏さま、お地蔵さまに助けられました。

焼野原の彼方に築地本願寺

早島　和子
浄土真宗本願寺派宣正寺前坊守
（横浜市南区）

昭和19年4月に東京の学校に進学するため、島根から上京しました。最初、文学をやりたいと言ったら、この非常時に都会の学校に憧れるなど非国民だと先生に言われショックでした。女学校では勤労奉仕が多かったのでもう少し学びたい思いがあり、理系に進むことにしました。空襲下に両親がよく許してくれたと感謝しています。学校生活は厳しかったのですが、学べるよろこびがありました。秋の頃から毎夜B29が飛来するようになりました。

昭和20年3月10日、東京大空襲は下宿先の目白から空を仰いでいました。真っ赤になった空と火の雨。上野方面にある学校はどうなったのだろうと心配しながらに見ていました。翌日学校に行くと、寮生は焼け出され、校長先生は勉強ができる状態ではないから、郷里のある人は帰りなさいと話されました。確かこの日から試験でしたが、生徒は半分ぐらいでした。それから本郷あたりのまだきな臭い焼跡を歩きまわりました。東大構内だけは無事で、赤門の前ではじめて涙が出ました。

田舎に帰るにも切符が手に入りません。各駅に割り当てがあるためです。目白や池袋だけでなく、千葉なら買えると聞き、朝早く行きましたがだめでした。下宿では姉と一緒にいましたが、帰るあてもなくいつ死ぬかわかりません。ちょうどお彼岸の頃だったと思います。姉が、築地本願寺にお参りしようと言い出しました。有楽町のホームに降り立つと一面の焼野原の彼方にうっすらとドーム型の建物らしい影が見えました。小走りで着いた本堂の中は人影もなく、シーンと静まり返り別世界のような不思議な空間でした。いつも危険にさらされ自分のこころが全くないような状態でしたから、合掌したとき、何かすーっとこころが蘇ってきました。その気持ちは忘れられないですね。17歳でした。

◇

切符が買えたのは八重洲口。駅前広場をうずめる人の列に二日二晩ならび三日目朝、ついに東海道線の切符が入手できました。この間、幾度もB29が上空を通りました。その都度道路ばたの防空壕に飛び込みました。みんな必死で助け合いました。このときの見知らぬ方たちの親切は忘れられません。

4月2日にようやく郷里に辿り着きました。実家のお寺もまた大変でした。疎開児童50人が本堂に寝泊まりし、会館は引率する先生の宿舎。5月には大阪で被災した親戚が疎開し、一気に16人家族。とにかく食べるのが大変でした。疎開児童が畑の野菜をとって食べたりし、それを先生に話すと、子どもらが叱られるんですね。見ていて可哀想でした。みんなお腹をすかせていたんです。

新型爆弾で広島全滅の報のあと終戦となりました。8月15日はみんな集まってラジオに向かいましたが、聞き取れませんでした。戦争が終わったということでした。不安の中にもこれで夜、電灯をともしていられるというのが実感でした。

7月末、がんの宣告を受けた母が8月末になって入院し、手術後5日目に亡くなりました。44歳でした。ペニシリンはもちろん、医薬品もない時代でした。お念仏をよろこんでいた母はまわりの人に「ありがとう」とお礼を告げて息をひきとりました。

昭和25年、主人（故早島鏡正・東大名誉教授）と結婚しました。横浜にある主人のお寺は空襲に遭い、主人の父と妹も犠牲になりました。実家の父がよろこんだ縁談でしたが、挙式の前に急逝してしまいました。周囲の人たちは、そんな遠くの、しかもバラックの寺に嫁がなくても、と反対しましたが、東京大空襲を体験した者として、自分も力になりたいという思いが強くありました。

戦後60年経って、一番変わったのは人の心ではないでしょうか。人を敬うとか罪悪感とか。「ミリンダ王の問い」に、知って犯す罪よりも、知らずに犯す罪の方が重いという話しがあります。利便性を追求してゆく中に、知らず知らずの間に環境は破壊され、平和が脅かされています。知らずに犯している罪がいかに悲惨な結果をもたらすか、本当に考えさせられるこの頃です。知らずにいることは無関心でもあります。無関心はいろいろな問題を生じさせるのですから。

原爆雲は南京かぼちゃの形

猪原　妙政
日蓮宗法音寺東京支院主管
（東京都練馬区）

原爆を体験したのは満20歳、数えの21歳の時です。広島に原爆が落とされて1カ月もしない頃に爆心地へ行きました。原爆資料館（平和記念資料館）に焼け野原になったりけがをした人の様子が人形などで再現されていますが、悲惨さはそれ以上でした。資料館を訪れるたびに心が痛みます。

当時、市内の爆心地近くを流れる川に大きな橋と、小さな橋2つがありましたが、その橋には人の形が焼き付いていました。その跡はしばらく残っていたように思います。ピカドンのピカッという閃光を目撃した人にいろいろな症状がでたようです。信者さんで、中心地に近いところでしたが、何かのものの下敷きになって閃光を浴びなかったため、最近まで長生きされた方がおります。そうしたことを述べていました。私も幸いにして原爆症の症状はありません。

原爆雲を見たのは広島から15里（60キロ）、東にある安芸津でした。瀬戸内海に面したところです。よくキノコ雲と言われますが、全然違うんです。最初に真っ白い煙が立ちこめて、それから真っ赤になって広がりました。その様子はキノコ雲ではなく、南京かぼちゃの形。かぼちゃ爆弾だと思いました。見る場所や角度で見え方が違うんでしょうね。

父が造船所に勤めていた関係で、広島にいこともありましたが、昭和18年には安芸津にいました。そのころタイプライターを習い、呉の海軍工廠で軍需物資のタイプを打つ仕事をしていました。軍需物資を戦地に手配する作業です。この仕事に関わったのはわずかな3人だけ。もちろん仕事内容を外で話すことはありませんでした。しかし兵隊さんに送る食べ物や物資がこれっぽっちでいいのかと思うことが何度もありましたから、戦局は厳しいなという認識はありました。それぐらい食料や物資は逼迫していました。そこでは、爆弾作りのため、爆弾の底に敷く白い美濃紙を貼ったりもしました。昭和20年5月に海軍工廠の仕事を辞めました。

◆

空襲もありました。呉は、海軍の町です。すり鉢状の町で、軍港には適している。艦載機から落とされた爆弾ですり鉢状ですから、火がどんどん下から上に上っていきました。翌日行くと爆発していない爆弾の形をしたものの中に宣伝ビラが入っていて、助かった人たちが次々に手にしていました。日本語で書かれ、戦意喪失をねらったような文書でした。それから安芸津からは四国の空襲も見えました。

8月15日は福山の祖父のところにいました。町の人が大勢集まって玉音放送を聞いたのですが、ピーピーガーガーでよく聞き取れません。戦争に負けたのだということでした。しかし祖父はそれを信じない。本当に負けるとは思っていなかったんですね。

こんなことがありました。私も当時は年頃でしたから、父や母が心配して翌日ぐらい山に隠れた方がいいと。アメリカが来たら何をするかわからないということでした。妹と一緒に山にいましたが、隠れたといっても畑の手伝いをしたり、食べ物をさがしたり。1カ月ほどすると、大丈夫だということで山を下りました。

夫（故猪原一郎氏）とは昭和25年に結婚しました。その前年夏にシベリア抑留から帰ってきました。技術者であったことが幸いして、過酷な労働は少なかったようですが、寒さはこたえたようでした。結婚後、上京して東宝映画の照明技師をしながら法音寺の東京支部をつくるため奔走しました。黒澤明監督の作品や賞をとった三船敏郎さんや高峰秀子さんの「無法松の一生」の照明も担当しました。平成2年に亡くなりましたが、お別れの会には大勢の映画関係者に来ていただきました。

私は今年で満80歳になります。2年ほど前に病気で入院しましたが、だいぶ回復して元気になりました。それまでインドやアメリカ、中国によくでかけました。アメリカでは原爆の恐ろしさを話しました。そこで気づきましたが、アメリカは戦争で必ず勝つという自信があるんですね。また近年、インドでは仏教が広がってきていると聞いております。アメリカやインドに再び行って布教したいと考えています。こんなことを信者さんに言うと、びっくりした顔をするんですが、そういう願いはずっと持ち続けています。

わななきながら見た大空襲

守山　球枝
真言宗豊山派仏教婦人会会長
常楽院寺族
（東京都板橋区）

大正10年生まれで、84歳になります。昭和20年にはお腹が大きくて7月25日に長女を出産。それから間もなく終戦を迎えました。ですから娘も60歳になったんですね。信じられないくらいです。

住職（主人）と結婚したのは昭和17年でした。私のおじが板橋でベアリングをつくる軍需工場をやってました。私もそこに奉仕してました。住職の叔父もその工場の役員をしていました。その叔父から、奥さんに病気で先立たれ困っている住職さんがいる、というお話しを聞きました。何気なく「気の毒ですね」と言ったものですから、叔父から嫁に行ってくれと頼まれました。もちろんお会いしたこともありません。住職は7歳上です。母に相談すると「お前は7月15日、お盆の時に生まれたのだから、お寺に縁がある」とこちらの戸惑いも関係なく、逆に勧めてくれたぐらいでした。長女を含めて3人の娘に恵まれました。

当時は夫（故守山大樹師）が住職をしていた、いまの練馬区氷川台の寺（光伝寺）におりました。周囲には農家の方が多く、野菜などを分けてもらって助け合いながら生活していました。農家といっても、男の人は戦争に召集されて、お年寄りや女の人ばかりでした。主人の父が常楽院の住職でした。

空襲は毎日のようにあり、3月10日の東京大空襲も恐ろしさにわななきながら見ました。空が真っ赤になり怖かったです。住んでいた光伝寺の裏山に主人と義父が横穴式の防空壕を掘ってくれました。空襲があった場合には防空壕でお産をするつもりでした。でも幸いにその晩は空襲警報もなく、庫裏の座敷でお産ができました。昭和20年は終戦と長女の出産が一番記憶にあります。

出産前の5月、住職（夫）に召集令状が届きました。海軍のある横須賀に行くことになったのです。戦争が厳しい状況にあることは感じておりましたので、もう生きて帰ってこないだろうと思い、泣きました。赤羽駅まで送り出す途中で泣いて一人で帰ってきました。

ところが、それから2週間ぐらいしてから主人が帰ってきたのです。身体検査の結果、肋膜炎を患った経験があったため、帰されたのです。もう戻ってこないと思っていた住職が帰ってきてびっくり。夢かと思いながらまた泣き出しました。乗る船がなかったような話しを後にしていたこともありました。横須賀から戻った住職は親孝行でしたから、毎日でこぼこ道を自転車で常楽院まで通っていました。

しかし、主人の2人の弟が出征し、一番下の弟さんが中国で戦死しました。大正大学で学んでいた頃の学徒出陣でした。召集後、佐倉（千葉県）の連隊に入営することになり、義父義母と一緒に私も面会に行きました。まだ23歳くらいの青年で、本当にいい人でした。義父義母は、生きて帰ることを信じて、それこそ毎日お経をあげ、無事に帰ってくることを念じておりました。それがこの近所で同じ隊にいた人が戦死したことを報告に来てくれたのです。戦争が終わってからのことでしたが、本当に気の毒でした。戦死は私も驚きましたし、住職も信じられない様子でした。悲しいことでした。
何よりも平和はありがたいものです。

◇

8月15日の玉音放送は光伝寺で正座して聞きました。よく聞き取れなかったので、勝ったのですか、戦争を続けるのですか、と住職に尋ねたら、敗けたんだ、終わったんだよと言われました。それから進駐軍が来たのですが、食糧不足の中で、缶詰を配給してくれました。コンビーフが入った缶詰など大きいものでした。それまで配給といってもお米はなく、大豆をすりつぶしたようなものでしたから、「やっぱりアメリカは違うな」と思いましたね。

また毎晩防空頭巾をかぶって寝ていましたので、それもなく安心して寝られるなと思いましたし、遮光することなく、電気を明るくできるのがうれしかったですね。

戦後60年経って、教育が一番変わったのではないでしょうか。戦後教育には良い点もあります。しかし道徳心や相手を思いやる心がなくなってきたように思います。親である我々にも責任があります。学校教育だけでなく、家庭教育をしっかりとしていかなければならないのでは、と思うことがあります。そのためには親の再教育が必要かも知れませんね。

花まつりを語る　２００７年４月５日

修証義、空襲、ボランティア

小山内　美江子
脚本家
ＪＨＰ学校をつくる会代表

私は横浜の鶴見出身です。ここに總持寺（曹洞宗大本山）があります。昔、近隣の人は總持寺と呼ばないんです。本山、そう呼んでいました。本山で花まつりがあるというので祖母に連れられて行きました。確かきれいなビンを持っていったと思います。花御堂があってお釈迦様（誕生仏）が立ってらっしゃいますよね。なんでかけるのだろうと不思議に思いながら、祖母に抱っこされながら頭から甘茶をかけて、というのが最初の花まつりの記憶ですね。お花がとてもきれいでした。

きんきらきんの冠をかぶったお稚児さん。お稚児さんとして着飾ったことはないし、うらやましい気持ちになりました。当時5歳ぐらい。いま77ですから、72年ぐらい前（笑い）ですか。

それからギヤマンというのはガラスのことですけれど、母自慢のとっくり型のギヤマンのビンに甘茶を入れてもらい、帰ってから家族でありがたくいただきました。味はどうだったか（笑い）。昭和40年頃、子どもをおぶって花まつりに行きましたが5歳頃の時とは違いますね。一番の違いは、いただいた甘茶のありがたさが薄れたことかしら（笑い）。

◎　◎　◎

私は鶴見高等女学校（現在の鶴見大学附属中学・高等学校）に通いました。昭和18年入学です。当時は戦争中でしたので、電車など乗り物を使って遠くの学校へ行かない方が望ましい、という指導がありました。

昔の子どもは足が速いですから、玄関を出て学校に着くまで約30分。そして毎朝全校生徒でお経。1学期が般若心経、2学期が観音経、3学期が修証義だったと思います。でも全然分からない。いつも早く終わらないかなと思いながら読んでいました。

あるとき修証義の一節、「無常匆ちに到るときは国王大臣親暱従僕妻子珍寶（こくおうだいじんしんじつじゅうぼくさいしちんほう）たすくる無し、唯獨り黄泉（こうせん）に趣くのみなり、己れに随い行くは只是れ善悪業等のみなり」にぶつかりました。夜にふっとこの文章を思い出したら悲しいんだか、恐ろしいんだか、泣いてしまいました。

13歳ですから宝物なんかあるはずありません。毎日一緒にいる親もきょうだいも、あの世へは来ないわけですよ。自分一人だけ…そんなの嫌だ、怖い…。人は一人では生きていかれない、誰かと支えあって生きていくしかない。人は自分で責任をもって、きちんと歩いていくんだという意味に理解したんです。それなりに覚悟ができました。それにあの世へ行く時はこの世で行った良いことと悪いことしか付いていってくれないんだ。今からでも、と言っても、してしまった悪いことは付いてきちゃうから困ったなあと思いました。

戦争は昭和19年秋から激化しました。毎晩のように空襲がありました。昭和20年の３月10日は東京大空襲ですが、横浜大空襲は5月29日でした。その間の4月15日の空襲で我が家はきれいになくなりました。父が具合の悪い祖母と避難するから、母と私と弟に先に行きなさいと。妙なご縁で、鶴見の造船所に軍艦を修理に来ていた水兵さんがたまたま我が家に泊まりに来ていた日で、父は水兵さんの協力を得ながら祖母をリヤカーに乗せて運びだしました。

鶴見の線路は何本も走ってますから、渡りきるのが大変なんです。行く先々に焼夷弾が落ちてくる。機銃掃射もありました。前にいる若いお母さんが泣きながら走っているんです。線路に足を取られないようにして。なんで泣いているのだろうと思ったらば、お母さんが背負っていた背中の赤ちゃんがはからずも弾除けになってしまっていたのです。だけどお母さんは断末魔の我が子をおろしている余裕はないわけです。その後どうしたかはわかりません。情景ははっきりと目に焼きついています。

私たちは息も絶え絶えに總持寺の東外れに着きました。普段行くようなところではないのですが、水場があるのが分かってましたから。ほかの避難者が、この先に横穴防空壕があるから一緒に行きましょうと誘ってくれました。でも私はくたくたで動けない。のどはカラカラ。水を飲んで座り込んでいました。

そこへＢ29が飛来してきました。機銃掃射ではなく機関砲でした。近くに三ツ池公園というのがありますが、ここが高射砲の陣地。しかし撃っても当たらない。この時は高度を下げてきた。的が大きいものだからたまたま当たった。

ところが、機体が横穴防空壕の上に落ちたので、中の人は全滅です。驚きました。それからどこにいても死ぬ時には死ぬのだなと思うようになりました。15歳の時です。それから空襲があっても動きませんでした。健康的な15歳の考え方とはいえませんが（笑い）。15歳を主人公に『3年B組』を書きましたが、ドラマで子どもは殺さない。それはこうした体験があったからです。

◎　◎　◎

私たちは1993年からカンボジアで学校をつくる運動をしています。大学生を主力とした活動班を現地に送り一緒に汗を流すのです。ワンボックスカー3台ぐらいに分乗して、建設地まで移動しますよね。交通マナーといってもありはしない。生きているブタをくくりつけたバイクが追い越していくわけです。

それを見た学生たちが、かわいそうというものだから、実はそれを待って言うのです。あれは今晩のあなたたちのおかずよ。そうすると、ひどいとかなんとか反応する。だけどね、人間が生きているということは、他者のいのちをいただいているということなのよ。野菜は旬がいのちという。旬とは何か。旬とは青春真っ盛り。だから食べて身体にいいんだ。他のいのちをいただいて、自分のいのちをつないでいるのだから、これは還元しなければいけないんだよ。そう説くわけです。で、今日から還元しなさい、私の肩を揉みなさい（笑い）と。この3月までに175校が完成しました。

おさない・みえこ／昭和5年（1930）生まれ。脚本家。TBSドラマ『3年B組金八先生』やNHK大河ドラマ『徳川家康』『翔ぶが如く』などを手がける。近年はボランティア活動にも力を注ぎ、JHP学校をつくる会の代表としてカンボジアで学校づくりに取り組んでいる。

満州で終戦、捕虜生活も

武田　秀嗣
曹洞宗大本山永平寺東京別院監院
興禅寺住職
（埼玉県富士見市）

昭和18年４月、武田氏は技術者として満州に渡った。戦況は日本に不利な状態が続いた頃で神戸から大連へ行く船がなかった。そのため下関にまわり、関釜連絡船で釜山へと渡り、長距離列車で平壌を経て赴任地である奉天（現瀋陽）に向かった。就職先は満州飛行機製造株式会社。「呑龍」爆撃機の設計や整備などに従事した。

武田氏は大正14年9月、秋田の田舎寺院に生まれたが後を継ぐ予定はなかった。進学した先は秋田市の秋田日満技術工養成所（現在の工業高校に相当）。日本と満州が共同で設立した技術者養成学校で、日本にはほかに山形と九州にあるだけ。

「全寮制で授業料は免除。しかも下着に到るまですべて支給されました」。資力に乏しい武田氏と家族にとっては有り難かった。条件は一つ。卒業後は必ず満州の企業に勤めることだった。

翌19年、満州にいた兄が病死し遺骨を抱いていったん郷里に戻った。もう行くまいと思っていたが会社から3日と空けず電報が届き、再び満州へ。しかしこの年の暮れ、工場がB29の爆撃を受けたためハルビンに疎開しエンジンを造る部門は四平街へと移った。

この年から、20歳だった徴兵検査が1年繰り下げられたばかりで、19歳の武田氏は第一乙種で合格。翌昭和20年4月1日に入隊し白城子郊外の平安鎮の飛行場に配属された。同部隊は特攻養成部隊であった。通称赤とんぼという練習機で操縦の猛訓練をしていた。4月30日に最後の特攻隊が発進。「隊長は航空士官学校出身の21歳ぐらい。あとは18、19歳の少年飛行兵でした。日の丸の鉢巻きや軍刀を腰にして飛び立って行きました」

同世代の人たちを武田氏は無念の気持ちで見送った。ただ特攻機の中には、途中で不時着した機もあったという。その後武田氏はチチハルの飛行場に移動した。ここでは、学徒動員で配属された特別操縦幹部候補生の学徒が爆撃機の操縦訓練を受けていた。「普通は３００時間以上乗らないと操縦は難しい。にもかかわらず１００時間ほどで飛んでいかざるをえなかった。戦況の厳しさはそんなところからも感じましたね」

８月１日付けで特業教育のためハルピン郊外の孫家（ソンジャ）にいたが、ソ連参戦の情報が入り、同月６日原隊に戻れという命令を受けた。ソ連参戦は８月９日だった。武田氏はチチハルに戻ったが、ソ連軍の爆撃機が飛来してきた。チチハルの駅ではハイラル等北の方から避難してきた邦人でごった返していた。兵と武器、器材等を積んだ貨車十数両で移動している途中、新京の駅で８月15日を迎えた。無線で終戦を知ったものの、ソ連軍が攻めてきておりホッとする間もなかった。

８月20日過ぎ、旅順半島の三十里堡飛行場に着いて間もなくソ連軍が進駐。武装解除され捕虜収容所に収容された。武田氏らはソ連軍の使役として飛行場の草むしりやソ連軍将校の官舎・宿舎づくりが仕事だった。昭和22年１月、「虚弱者30人ほど」が集められ、大連郊外の地、星ケ浦に移動。道路補修や橋づくりといった土木作業が続いた。この頃食事は朝夕の２食。「大豆の中にお米が少し入ってるだけ。おかずはなし。塩田が近いため、乾燥野菜のはいった塩のお汁だけ。食べ物には苦労しました」と述懐する。ともかく、敗戦の屈辱を嫌というほど味わされ、いずれ故国に帰れる日が必ず来ると信じて一日一日を過ごした捕虜生活だった。

思いもかけず昭和22年4月、本土帰国が決まった。大連から貨物船の船底で3日ほど揺られて博多港に到着。「満州や収容所にいた頃は内地の情報が全然入ってこなかったので、広島と長崎の原爆も知らず博多で初めて知った。復員列車が広島に入るとすべての窓が閉められましたね。放射能を浴びないように。名古屋は駅周辺は焼け野原。名古屋城（の跡）が見えました。戦争の爪痕が行く先々にありました」

約1カ月経てなんとか秋田に戻った。戦死を覚悟していた家族は、やせ衰えた姿に驚きながらも安堵した。体力の回復を兼ねて秋田市内の寺院で約7年間役僧を務めた。この間の昭和23年から計3年ほど能登の總持寺祖院（僧堂）に安居。僧侶としての基本を学んだ。昭和29年宗務庁第1回職員登録試験を受けて合格した。

同年10月に入庁したが、翌年春から駒澤大学の夜学に4年間通った。夜間に仏教学部がなかったため第二商経学部だった。後に銀行支店長になった人物や同じ宗門人など同窓生は多士済々だった。

10代後半から20代前半までの武田氏は、戦死の危機のみならず、場合によってはシベリア抑留もあり得た。どちらかというと身体も弱く、また技術者であったことが幸いしたようだ。「忍耐」を強調する武田氏だが、自らの信念でもあった。

今日の豊かで平和な社会を歓迎しながらも、僧侶養成の立場から見ると「いまの人は我慢が足らない」と指摘する。「豊かな生活をしているだけにせっぱ詰まった時に耐えられるか。それに道心が感じられなくなってきたなあ」と84歳の武田氏。細身の身体から鋭く眼が光った。

終戦から64年―あの日の記憶をたどる　２００９年８月６・13日合併

巣鴨プリズン慰問

田嶋　澄子
真言宗豊山派正真寺寺族
（東京都江戸川区）

東京・池袋のサンシャイン。60階建ての高層ビルがそびえる。戦後間もなくＧＨＱ（連合国総司令部）はここにあった東京拘置所を接収して戦争犯罪容疑者を収容する巣鴨プリズンとした。昭和20年10月から昭和33年5月まで続いた。この間、Ａ級7人とＢＣ級含め約60人が死刑に処せられた。

小学校時代、この巣鴨プリズンへ慰問に訪れたのが田嶋澄子さん(69)である。東京・江戸川の真言宗豊山派正真寺(田嶋信雄住職)の寺族。戦犯容疑者の助命嘆願運動に尽くした教誨師田嶋隆純(1892〜1957)の長女である。

隆純は大正大学教授。「大日経」と「両部曼陀羅」の研究で戦前、フランス留学した体験を持つ。隆純が教誨活動を始めたのは、A級戦犯7人が死刑執行されてから半年を経た昭和24年6月からである。

自坊には両親が開いていたあさみどり子どもの会があった。フミ夫人がオルガンを弾いて合唱などを指導していた。子ども会のメンバーと東福寺(千葉県野田市)のお琴のグループなどが加わっての慰問が昭和26年4月7日、花まつりにあわせて行われた。当時のスケッチが残っている。隆純の読経やバレエ、箏曲、合唱などが描かれている。

これを含めて澄子さんは4〜5回ほど慰問した。戦後、全国青少年教化協議会(全青協)事務総長となる岩堀至道師の子ども会と一緒だったり、後に音羽ゆりかご会とも。

「最初の慰問は、日本人が誰も入れない時代でした。ゲートをくぐった時の緊張感は忘れられません。敷地内には蒲鉾型の兵舎が並び、その中は意外と広かったことが印象に残っています」

「収容されている人は、自分の子どもぐらいかな、と思って見てくれていたようでした。慰問の後にお礼の手紙がたくさん来ました。ハトロン封筒に入っていましたが、すべて検閲された後で、当時としては珍しいセロテープで留められていました」

隆純のプリズン行きは木・土の週2回。その日は正真寺前にジープが迎えに来た。近所の人もジープや米兵を遠くから眺めていた。

教誨活動をしていくなかで、戦犯指定や裁判と判決に対する疑問、勝者が敗者を裁くことへの疑問などが次々と沸いてきた。無実と思われる人が死刑とされたり、死刑に立ち会うことも悩みを深くした。戦犯に安心を説く前に、まず死刑確定者の助命嘆願に尽くそう――、隆純はそう決心し東奔西走した。

フミ夫人の精神的負担も大きかった。隆純の苦悩と心労はフミ夫人にも痛いほど伝わっていた。「母は父が絞首刑になる夢を見たそうです。苦しまないように母自身が一所懸命に刃物を研いでいたそうです。母は、父に教誨師を辞めて欲しいと言っていたようです」

昭和26年10月、過労のため隆純は脳軟化症でプリズン内で倒れた。いのちに別状はなかったものの、収容者たちは回復を願った。隆純は東大病院に入院したが、その間、収容者たちの要望で血圧や体温が毎日、プリズンに報告されたほどだ。それほど隆純は収容者から慕われていた。「巣鴨の父」たるゆえんである。同年末には教誨師に復帰した。

翌昭和27年9月、隆純の還暦を祝う会が収容者によって開かれた。「このプリズンの性格が一般刑務所とは全く異なっている事を端的にしめしているが、こうした祝賀会は、日本はおろか世界の刑務所の歴史上おそらく前代未聞であったろう」（スガモ・プリズン獄中記録『巣鴨』実松譲著より）

ところで澄子さんは小学校以前となる終戦時の様子を記憶している。隆純がかつて住職をしていた栃木県の太山寺に母と妹と共に疎開。父隆純は正真寺を守っていた。疎開前の3月10日は東京大空襲。「警報で防空壕に向かいましたが、西の空が真っ赤だったのを覚えています。寒い夜でした」と述懐する。

間もなく太山寺に疎開。8月15日の玉音放送は本堂で正座して聞いた。よくわからなかったが、戦争が終わると聞いてホッとした。正真寺に戻ると幸いにも焼けずに済んだ。「家族で無事を確認し合いました」

戦争の爪痕はあった。「江戸川を挟んだ対岸に陸軍の国府台連隊がありましたので、そこを目がけて焼夷弾を落としていきました。本堂の茅葺き屋根に不発弾が刺さったまま、本堂再建まで（爆発せず）本尊様が守って下さいました。境内には13発の焼夷弾が落ちました」

澄子さんには現在気がかりなことがある。東京駅前広場にある「愛の像」の行方である。

戦犯の遺書を集めた「世紀の遺書」が昭和28年に刊行されたが、その編纂顧問が隆純だった。益金が生まれ、故人の遺志や恒久平和を願って建てられたのが両手を空に広げた「愛の像」である。台座を含めると約9メートルという大きさ。台座にギリシャ語でアガペー（愛）と記され、日本語の「愛」を隆純が揮毫した。昭和30年10月の除幕である。

後に場所を移動したものの、東京駅前は変わらない。しかし東京駅周辺の再開発で2年前に撤去された。澄子さんは「愛の像」再設置を願って関係者と共に行動を始めた。「平和への思い、戦争を繰り返してはならないと誓いを新たにする像です。ぜひ元に戻してもらいたい」と訴える。

川崎・横浜の２大空襲体験

野沢隆幸
大本山川崎大師平間寺長臈
真言宗智山派正泉寺住職
（横浜市鶴見区）

昭和20年４月15日未明、川崎市は米軍機による大空襲で市街地や工場群が焼失した。庶民の信仰を集めていた川崎大師平間寺もまた、すべて灰燼に帰したのだった。

横浜市鶴見区生麦にある真言宗智山派正泉寺住職の野沢隆幸氏（79）は当時中学２年

だった。「焼夷弾が落ちる音というのがあるんです。どんな音だと思いますか? ザーッと雨が落ちるような感じ。そのなかを防空壕に向かいました」

正泉寺は旧東海道沿いに面し、江戸末期の生麦事件の現場にほど近い。鶴見地区も大空襲で相当な被害にあったが、通りを一つを隔てて奇跡的に被災を免れた。

野沢氏は勤労奉仕で近くの東芝工場に連日通っていたさなかだった。「工場で背丈ほどの大型真空管を作っていました。レーダーに使うと聞いていました。作るといっても中学生ですから磨いたり運んだりです。山梨の大学から来た電気工学専攻の人たちのもとで作業しました」

空襲で工場も骨組みを残して焼失したが、当日も朝から向かった。爆弾で生き埋めになった人を手分けして助け出した。幸いにも犠牲者はでなかった。

さらに同年5月29日は横浜大空襲である。8千~1万人が犠牲になったと言われる。その時には家族を離れ相模湾に近い足柄の寄村(やどろぎむら)の農家にいた。「敵が相模湾から上陸するのを阻止するため」の陣地構築に従事したのだった。各農家に生徒2人ずつが分宿した。「米の飯を炊いたことがある者は手を挙げろ」と軍人が聞いた。手を挙げた野沢氏。その日から兵士と共に炊事当番となった。「朝食と弁当を作るために朝3時の起床でした。とにかく量が多い。スコップ(もちろんきれいな)を使ってやりました」

こんなこともあった。指導する軍人が生徒を整列させて「家に帰りたい者、手を挙げろ」。数人の生徒が挙手すると、バカヤローと叱られた。野沢氏も帰りたいと思っていた。「父が手紙をくれたことがありました。うれしくて涙を流して読みました」

横浜大空襲は日中である。リヤカーを引いて炊事場にいき、帰って来た時、「横浜の空が赤く見えた」。寺には両親の住職夫妻と母の父がいた。心配だったが、なす術はない。幸いにも家族も寺も無事だった。

農家への滞在は1カ月に及んだ。ある晩、囲炉裏でウナギのようなものを焼いていた。「うまいから食べてみなさい」と言われ早速口に運んだ。うまかった。「それは庭に出てきたヘビだ」と聞かされ、驚いたと野沢氏は苦笑する。最後まで熱心に面倒を見てくれたこの農家に今も感謝を忘れていない。

空襲ではないが、あるとき米軍機が飛来し撃墜され鶴見の總持寺方面へ墜落したことがあった。友人を誘って見に行った。死亡していた操縦士の遺体は原形をとどめていなかった。「あの姿を見た瞬間、戦争が一遍に嫌いになりました」

8月15日正午。生徒全員が工場の正門前に集められた。朝は曇っていて艦載機の爆音を野沢氏は記憶している。12時に玉音放送があると説明があった。雑音がひどかったが、「陛下の声は耳に残っています」。先生からの説明で戦争が終わったことを再確認した。

「よくわからないけれども、ホッとしたような気がする」と当時を思い起こす。

野沢氏は昭和22年に大正大学予科に入学。復員してきた元軍人と机を並べた。「戦争のことを話したり聞いたりというのはありませんでした。普通の学生生活でしたね」。一方で野沢氏は焼失した川崎大師が復興を始めた当初、アルバイトとして手伝っていた。後に執事長まで務めるが、戦後の野沢氏は川崎大師の復興・発展と共に歩んだといえる。

その野沢氏が現代社会に注文付けるのは飽食の時代の「食」である。「食べ残しが日常茶飯事。機会ある毎に子どもたちには、〝いただきます〟の意味を教えています。食はいのちですから、最後まで大切に食べてもらいたいですね」

もう一つは対話（会話）である。「誰でもいいといって殺人事件が起きていますが、意思の疎通がうまくいっていないからだと思います。お釈迦さまの待機説法ではないですが、しっかりと面と面を合わせて話をするだけでも、そうした事件を防げると思います」

便利さを追求していく人間社会への警告と受けとめたい。

終戦68年企画「私の戦争体験」２０１３年７月25日

病死者に苦悩のナンマンダブ

他阿　真円
時宗法主

他阿真円法主は大正８年（１９１９）生まれの94歳。ビルマには２度にわたって派遣された。「開戦直後の大勝利で沸くビルマと、インパール作戦後の敗残の惨めさ。その両方を知っているのは、存命者では私一人でしょう」

1回目は大正大学専門部を卒業し、京都の龍谷大学に入学した年の12月。昭和16年（1941）日米開戦直前である。陸軍省の宣撫班員として各宗派から数人の青年僧が選ばれた。その一人だった。「平和使節団ですから、戦地には行きません。兵隊ではありませんので」。船での移動中に日米開戦を知ったという。「緒戦勝利の勢いもあり、ビルマではどこでも大歓迎を受けました。同じ仏教徒として手を取り合って新しい国をつくろうと」。教員免許があったため、日本語学校の校長としてある学校に赴任。その初日、急性悪性熱帯マラリアに罹患。意識不明が続いた。「99・9％いくぞ（死ぬぞ）と言われながら、奇跡的に助かることができた」。快復した後、日本に戻り、大学に復学した。

ところがそれから間もない昭和18年（1943）学徒動員である。召集後は、第16軍の通信隊に配属。インドネシアに派遣され、軍事訓練をうけ見習士官となった。そこでインパール作戦の負傷兵と食糧（コメ）をビルマのラングーンからタイを経由してシンガポールまで輸送するための指揮官（6人）の一人に任じられた。つまり2度目は軍人としてのビルマ体験である。

およそ100人もの負傷兵を列車で輸送する任務だが、次々に試練が襲った。「軍用列車はゴム林の中に駐屯兵がいる待避所があり、停まっては行き、停まっては行きでした。鉄板の有蓋列車で、ほんの少ししか（すき間が）開いていない。入ってくる風は熱風。屋根に草をかぶせたりして工夫しました」。しかし南国特有の暑さの中で負傷兵の消耗はかなりのものだった。

「忘れもしない。1回目の休憩のときは良かったけれども、2回目には一人が下りてこない。熱中症で…。それから停まるたんびに。結果、輸送する間に13人が病死した…。私が初めてした葬式は、袈裟も数珠もない、汗と泥にまみれた軍服の半ズボン姿で……葬式なんて言えるものじゃあない」

遺体は、駐屯兵に委ねられた。本部からは、一人でも多く輸送せよとの連絡。「将校とはいえ見習士官になったばっかり。本（『捨ててこそ人生は開ける』）にはもっと詳しく書こうと思ったけれども、詳しく書こうとすると涙が出て書けんかった……」

しかし勇気を振り絞って、残った傷兵と共に手を合わせた。「光明遍照十方世界念仏衆生摂取不捨と言ったら、ナンマンダブと唱えてくれよと。わし一人でお経をあげるよりも、みんなで供養しようと。宗旨は違う人もおっただろうが、明日は自分のことかもしれんと思うからみんなナンマンダブ、ナンマンダブ……」。当時25～26歳。戦闘とは異なる生死の狭間を体験した。

「現地で亡くなった人たちのことを思うと、わしが生き伸びたのは、おまえは100まで生きて、無惨な死を遂げた人たちの霊を慰めよと言われているような気がしてね。現に

３００万人もの戦死者がでておる。その第一線に行きながらも生きながらえてきた。せめて、少しでも長生きして供養するのがおまえの務めだぞと仏祖が言っているような気がしてね」

自らに言い聞かせるように話し、現在は49歳のつもりで活動しているという。最後にご遺骨帰國運動にこう要望した。「ご遺骨はミャンマー／ビルマだけでなく南方からシベリア方面まである。そういう人のことも考えてしてほしい。異国の地で眠っているご遺骨がまだあることを。東日本大震災で犠牲になった人たちと同じように、忘れては行かんぞという運動も起こしてほしい」

※本稿は、ミャンマー／ビルマご遺骨帰國運動の共同代表らが神奈川県藤沢市の時宗総本山遊行寺を訪れ、他阿真円法主から当時の様子を聴いた内容をまとめたものである。帰國運動の林秀穎（曹洞宗）小島知広（日蓮宗）共同代表、柳下純悠事務局長（智山派）らがミャンマーの少数民族地域での遺骨収集運動の概要を説明。これを受けて他阿法主は戦前・戦中の体験を、時おり言葉を詰まらせながら話した。

終戦68年企画「私の戦争体験」２０１３年7月25日

一家自決寸前、母親の泣き声で…

村口　一雄
㈱第一書房社長
（東京都文京区）

東京から２３００キロ離れた南洋諸島にテニアン島がある。同島と北側のサイパン島は第2次世界大戦では大激戦地であった。日本軍の全滅によりサイパンとテニアン島は玉砕の島となった。日本は制空権を失った。そしてこの島から飛び立ったのが、Ｂ29であり、広島と長崎に原子爆弾を投下した爆撃機もそうである。テニアン島は日本本土空襲の拠点となった。

◆

往時より減少したとはいえ、東京・本郷の東大周辺には出版社や古書店が並ぶ。その一つに第一書房がある。社長の村口一雄さんは昭和9年（1934）8月16日、テニアン島に生まれた。村口さんが小学校に入った昭和16年、父親は島で盛んだったサトウキビ栽培に精を出した。島内には当時、世界有数の製糖会社があった。

「私の家は千坪ぐらいあった。庭にはバナナ、パパイヤ、パイナップル、マンゴーがなっていた。パイナップルが熟してくると香りで分かる。『一雄、パイナップル取ってこい』と母親が言うわけ。優雅なものでした。鶏や牛、豚もいた。学校まで歩いて1時間くらいあったかな」と当時を懐かしむように語る。

テニアン島を含め南洋諸島は、第一次世界大戦でのドイツの敗北により、日本の委任統治領となった。日本政府も開拓に力を入れた。また海軍の停泊地としても重要な場所となっていた。戦争が始まると、サイパン島やテニアン島は軍事的な要衝地となった。日本だけでなく米軍もそれを認識していた。昭和19年6月、米軍はサイパン島を攻撃。勝利した米軍はテニアン島に進軍した。島の生活は一変した。

「米軍が攻めてくると、住民は（避難場所の）山に逃げていった。けれども米軍は船からそこを集中攻撃した。親父があの山へ行っても死ぬから、ここ（ジャングル）で死のうと」。一家自決を父は決意したのだった。村口少年は小学校高学年。ジャングルの一本の木。その下に一家が固まった。雨がそぼ降る日だった。「親父が一升瓶にダイナマイトをいれて、一所懸命にマッチで火をつけようとした。きょうだいは６人いたが、小さいから事情がよく飲み込めていない。ところがね、母親が、絶対死ぬのは嫌だと泣きだした。実の母親に一目会ってから死にたいと。それで親父が思いとどまった」。マッチの火を消したのは雨だけではなかった。母親の強い願望が父親の心を動かした。「今でもあれを思うと、ゾッとするね。おそらくは死にきれない、ビンの破片では。爆破してもみんな呻いてね。親父はそれで死ねると思ったんだろうね」と苦笑しながら振り返る。今でも夜中に目を覚ますと自決の場面が想い出されるという。そのたびに「生きていることのありがたさ」を実感すると語る。

村口少年は、米軍が攻め込んでくる様子を間近で見ていた。「木によじ登ったりして、色んな光景を見ました。空中で戦闘機が戦う姿。米兵が手榴弾を壕に投げ込んでいるところ。うわー、凄いなと単純に見てましたよ」。テニアン島が米軍に占領されると収容所に入れられた。多くの同級生が亡くなった。「クラスに60人ぐらいいて、残ったのは４人でした」
家族はじめ収容者を乗せた船は昭和21年3月、神奈川県の浦賀に到着。それから1カ月ほどして、両親の出身地である八丈島に移った。東京で今の仕事をするようになると、ある時女性が訪ねてきた。写真を見せ、「これ、一雄さんでしょう」と言った。小学校時代の先生だった。「よく覚えているなと感心しました」

沖縄や八丈島など島文化に関心を持ち続ける村口さん。同社出版物もこれに関連した研究書や単行本は多い。

「親父は70歳、母親は90歳で死んだ。自分は70歳を超えたけどね。もう少し若ければ、戦争に行ってただろうし、母親が声を上げなければ生きてないかも知れない」

そして、続ける。「此の世に於いて怨は怨を以てしては終（つい）に解くべからず、愛を以てぞ解くべき、これ永劫不易の法なり」

昭和26年（1951）、サンフランシスコ講和会議に出席したセイロン（スリランカ）代表のジャヤワルダナ蔵相（当時、後に大統領）は、この釈尊の金言を紹介して、対日賠償請求を放棄したのである。村口さんもまた、この言葉を心深くに刻みつけている。

◇

村口さんへの最初の取材は6月下旬でした。7月17日再度お会いしましたが、それが最後となりました。村口さんは19日未明に逝去されました。結果的に〝遺書〟となってしまったメッセージが重く響きます。合掌。

終戦68年企画「私の戦争体験」２０１３年7月25日

立法による名誉回復を

李　鶴来（イ・ハンネ）

韓国出身元ＢＣ級戦犯組織である「同進会」会長

「仲間１４８人、うち死刑執行された23人。この人たちの無念を晴らし、名誉回復をしたい」。韓国・朝鮮人元ＢＣ級戦犯者とその遺族らでつくる「同進会」（１９５５年結成）会長の李鶴来（イ・ハンネ）さんはそう繰り返す。戦後68年経たとはいえ、日本の戦後処理

は終わっていない。

◆

１９２５年韓国生まれの李さんは、17歳の時、俘虜（捕虜）監視員として強制的に徴用された。朝鮮半島から徴用された３千数百名は２カ月の厳しい軍事訓練を受けた。監視の方法や国際法の科目はなく、軍人勅諭、軍属読法、戦陣訓などの暗唱や命令の絶対服従に重点が置かれた。「本当によく殴られました」というように、ビンタは日常茶飯事であった。終了後、李さんは泰緬鉄道の建設地であるタイのヒントク分駐所に配属された。

同分駐所にはオーストラリア兵の俘虜がいて、鉄道建設の作業にあたっていた。ヒントク分駐所に限ったわけではないが、どこも似たような環境だった。食糧は不足し、物資もない。コレラや赤痢といった伝染病が蔓延し、治療するにも薬がない。こうした悪状況が監視員たちを〝戦犯〟とする下地になった。「伝染病は日本軍の医療対策の範疇であって、われわれ軍属の職務とは関係ない。しかし戦後、連合軍の裁判では俘虜虐待の容疑で裁判に処せられた」

李さんはオーストラリア兵から２回告訴された。当初の容疑は晴れて無罪となり、復員船で香港まで行った。ところが香港に着くと再び起訴され、シンガポールのチャンギー刑務所に移送。一方的な裁判で死刑判決を受けた。１９４７年３月のことだった（８カ月後に禁固20年に減刑）。

当時チャンギー刑務所で教誨師をしていたのが現地で終戦を迎えた田中本隆、後の田中日淳・日蓮宗管長（１９１３～２０１０）である。チャンギー時代だけでなく、有期刑の人たちが東京のスガモ刑務所に移送されてからも交流を深めた。「とても温厚で、私たちＢＣ級戦犯の問題にはとても理解がありました。刑死された方のみならず、日本で自殺された人、病死された方、ぜんぶ面倒をみてくださった」と感謝を忘れない。

李さんらがＢＣ級戦犯の名誉回復運動を展開しているのには理由がある。真珠湾攻撃後、日本は台湾や朝鮮半島から多くの青年を「日本人」として徴用。敗戦後は連合国より「日本人戦犯」として過酷な刑に遭遇。服役中にサンフランシスコ条約が発効すると、韓国と台湾の人たちは日本国籍を失った。釈放されると「外国人」として扱われたのである。韓国からは親日派とされ、日本では外国人扱い。「１９５６年10月に釈放となりました。しかし仲間の一人は鉄道自殺。一人は首つり自殺。あの厳しい状況を生き残った友人が、釈放されても行き場を失い、自殺に追い込まれた。大きな衝撃を受けました」と李さんは苦悩を口にする。

運動開始当初は日本政府に直接働きかけてきた。一定の感触はあった。「ところが１９６５年の日韓会談で、ＢＣ級戦犯については解決したという態度となり誠意がない。

韓国政府は、日韓会談ではBC級戦犯は対象になっていないという立場」「運動方針を転換し、日本の裁判所に訴え、公正な判断をしてもらおうと。1991年11月、日本政府に謝罪と補償を求めて東京地裁に提訴した。高裁、最高裁と都合8年有余。裁判所は我々の境遇を認定しながらも棄却したんです。しかし事実は認め、『深刻かつ甚大な犠牲ないし損害を被った。適切な立法措置が期待される』と立法を促している。にもかかわらず結審から13年以上経つのに何も進展していない」

唇を噛む李さんは88歳。刑を受けた存命者5人は90歳以上。同進会の会員遺族や家族も高齢化している。時間は限られている。「日本政府は自らの不条理を是正し、司法の見解を真摯に受け止めて速やかに、必要な立法措置を講じて欲しい。日韓の問題ではなく、日本政府の問題なのですから」と訴える。

死刑囚時代、李さんはチャンギー刑務所で何人もの死刑囚を見送った。その一人に韓国出身のAさんがいた。同じタイに赴任していたが面識はなかった。「この人はあまり喋らないほうで、彼が刑死するのは昭和22年7月18日。番兵に頼んで前日の晩餐会に同席した。なんにも食べないし、なんにも手を付けないで、晩餐が終わるのを待った。翌日朝シャワーを浴びて、番兵に頼んで私が最後の別れをしにいった。私は日本名で広村と言いますが『広村さん減刑になって下さい。減刑になったら、Aという人はそんなに悪い人間じゃなかったと伝えてください』。これを私に言い残したのです。私も死に行く身です。どう対応したらいいのか……」

李さんはいくつかのことを感じ取った。一つは生死の差である。「ほんの紙一重で死刑になったり、有期刑になったり」。李さんは後に減刑されたとはいえ、死刑執行も十分あったのだ。

もう一つは、民族の尊厳である。「日本人死刑囚は、自分たちは国のために死んでいくんだという一つの諦めがある。しかし私の仲間はそうした諦めさえ出来ないんですよ。私が強く悩んだように、仲間たちも同じような悩みを持って死んでいった。その思いがあるからこそ、名誉回復は生き残った者たちの責務であり使命なのですよ」

終戦68年企画「私の戦争体験」２０１３年７月25日

中国戦線で九死に一生

勸山　弘

真宗大谷派真楽寺住職
アイバンク運動創設者
（静岡県沼津市）

献眼によって失明者に光を与えるアイバンク運動。昭和46年（１９７１）、静岡県沼津市で第１回全国大会が開かれた。この運動創設者は真宗大谷派真楽寺の勸山弘（すすやま・ひろむ）住職である。繰り上げ卒業で中国戦線に派遣された体験を持つ。

◆

「一世紀が見えてきた感じですけど、長くてもあと半年か、1年の寿命ですよ。ハッハッハ」。豪快に笑い飛ばす勧山さんは大正8年（1919）8月24日生まれ。間もなく満94歳を迎える。

昭和18年（1943）9月、半年繰り上げで大谷大学を卒業し、津の連隊に入った。その半年前、「卒業論文を書いているさなか」京都の下宿先に一本の電報。「チチキトク」。大急ぎで帰郷したが、すでに逝去。52歳、脳溢血だった。中学時代に母を亡くしており、文字通り真楽寺の将来は勧山さんの両肩にかかった。

だが徴兵を逃れることはできない。津に2週間ほどいて各種予防接種を受けた。それから中国戦線に送られた。「当時、王道楽土という言葉があった。（満州に近い）北支ならいのちだけは大丈夫だなと思っていた。ところが、私たちの前に行った兵隊は地雷で道路に倒れている。王道楽土ではない、地獄のようなところだと。生きては帰れないと思った」。山西省の奥地に入り、相手は蒋介石軍ではなくて、毛沢東の八路軍だった。

質量とも相手が上だった。日本軍が常套としたのは夜襲。しかし相手もそれを熟知し、袋のネズミとなったこともあった。ある時の夜襲。「突撃したら手榴弾が飛んできて破片がここにあたった（右足首）。アキレス腱が切れちゃったの。歩けないから四つんばいになって。夜だったから逃げられた。昼だったらやられていた」。九死に一生だった。

前戦では無理ということで軍医のいる部隊本部まで6キロの道のりを片足で歩いた。着くなり軍医からアキレス腱切断と診断され、急に担架が用意された。名医とされる軍医の手術でアキレス腱はつながった。だが、かかとが1センチほど浮き上がった。何日も包帯を巻いただけでほったらかしにされ、筋が収縮してしまったのだ。

軍医の勧めで療養のため陸軍病院のある満州の湯崗子温泉へ移った。担当は気の荒い軍医。患者からも恐れられていた。地獄に仏なのか、京都府立医大出の軍医は、勸山さんが大谷大学出身で、しかも同じ大庭米次郎教授からドイツ語を習ったことが分かると、親近感をもって接した。再手術も勧められた。「でもね、軍医の専門は耳鼻咽喉科。これで足を切られたら、もうダメだと。嫌ですといえないわけですよ。もう覚悟した」。斜めの手術台からじっと手術を見ていた。「それが成功した。今でもちょっと右足が短いけれども9分通り治った。北支きっての軍医がやって失敗。耳鼻咽喉科の軍医がやって成功。わかんないもんですよ」

戦局が厳しさを増すと、再び北支に送られた。「今度こそ生きては帰れない」。北支に着くと所属していた石兵団は、沖縄に転進していなかった。「石兵団は沖縄で玉砕。一人も帰らなかった…。私は、足を負傷したばかりに…」と勸山さんは言葉を詰まらす。

山西省の山奥。4日遅れで終戦を知った。武装解除され上海から復員船で佐世保に上陸。「その時初めて広島、長崎の原爆、大空襲のことを知りました」。昭和21年（1946）5月だった。しかし極度の栄養失調で、食べたものが消化されない。「そのまんまの形で便にでちゃう。足に脚絆を巻いて、そこに便がたまる。復員列車で席はあるけれども腰掛ける体力がない。ずっと通路で寝てきました」

ようやく辿り着いた故郷の沼津は焼け野原。お寺は跡形もない。「親も無し妻無し子無し板木無し金も無けれど死にたくも無し」という六無斎そのものだとため息をついた。復興も大変だったが、檀信徒の協力により仮本堂を経て、旧本堂が完成したのは昭和28年。日本を代表する建築家で、檀家の大岡實（工学博士）が設計。国宝法隆寺の修復に従事していたが、火災事件の責任をとって辞めていた。靴のまま本堂に入れるお寺として話題となった。

勸山さんに改めて戦争について聞いた。「いかに無謀な戦争であったか。私は陸軍歩兵2等兵。そんなことで日本が勝てるわけはない。適材適所という考えが軍隊にはなかった」「一部の軍人強行派がおっぱじめた。それを抑える人は誰もいなかった。軍が政治を握ることほど危険なことはない」

勸山さんは半世紀にわたりアイバンク運動に心血を注いできた。4年前には国民の生活向上に貢献したとして「ヘルシーソサエティ賞」と、角膜移植を最初に手がけた今泉亀撤博士の名を冠した「今泉賞」をダブル受賞。今もアイバンクの必要性を訴えて東奔西走している。

終戦68年企画「私の戦争体験」２０１３年８月１日

北海道に疎開　食糧増産に従事

尾谷　卓一
日蓮宗本源寺院主
『立正公論』編集長
（山梨県北杜市）

「あと一年、早く生まれていたら、海軍軍人になっていました」

『立正大学新聞』、『日蓮宗新聞』、『立正公論』、『現代仏教』等、58年の長きにわたり筆を奮ってきた日蓮宗本源寺の尾谷卓一院首（82）は、戦時中のことを回想して、そう語った。半世紀以上にわたる記者活動に今年限りで区切りをつける尾谷さんに、戦中から戦後へかけての半生を振り返っていただいた。

◆

尾谷さんは、昭和6年生まれ。お彼岸の中日、9月23日に日蓮宗大本山池上本門寺がある池上界隈で生を受けた。2歳で母親と生き別れ、父親が満州に渡ったことから、幼少期は祖父母に育てられた。戦争が始まる昭和16年。満州から新しい母親と、連子（兄と妹）と一緒に戻ってきた父親とともに北海道へ疎開した。〝疎開〟というにはまだ早い時期だったが、マスコミに勤めていた父親には、戦争の行方が見通せていた。

戦争が進んでも移住の甲斐あって、北海道では食料に困らなかったが、冬場だけは厳しかった。移住先の幌加内（ほろかない）村は、北海道でも指折りの豪雪地域。東京育ちの尾谷少年には、特に寒さが身に染みた。

戦時中の訓練や労働も、子どもながらに辛かった。「食糧増産で、授業の半分くらいの時間は、畑や野原に働きに出されました。イタドリって知っていますか。タバコの代わりにもなる植物で、よく葉摘みをやらされました」。そうした中、世界情勢に明るい父親の話を聞きながら、「だんだんと『日本は戦争に負けるな』と思っていた」という。

学校では級長を務め、全学行進の訓練の際は号令を発し、壇上の校長先生に敬礼、先頭に立ち、「頭右（かしらみぎ）」との指導をした。一度だけ、空襲警報が鳴ったことがある。尾谷さんが学校の貴重品を持って、指定された防空壕に行くと、先生が先にいて、「お前はあっちいけ」と言われ、まごまごしたこともあった。

終戦直前、尾谷さんを含む学校の成績優秀者10人が、海軍志願の試験を無理矢理受けさせられた。結果は合格。合格証が家に届いた時、父親が猛然と怒りだした。

「〝お前は何のために北海道に来たと思っているんだ〟と言ってね。あげくのはてに合格証を破ってしまった。当時のことだから、もし関係者に知られたら、えらいことになっていたかも知れない。父親は戦争が終わることが分かっていたようだった。でも、終戦が少し遅れていれば、私は海軍の軍人さんになっていたでしょう」

それから程なく、終戦の8月15日を迎えた。「先生から大事な放送がある、とラジオの前に集まった。玉音放送でした。内容はくわしく先生が教えてくれました」

明くる年（昭和21年）、北海道で名寄（なよろ）農業学校に入学して寮生活を送ることになった。退学をして家に戻ってきたのは、高等学校2年生の時。「家からの仕送りがなくなり、学校を辞めて家に戻りました。自分も働いて、兄や妹を学校へ行かせたいと思った。まだ純真でしたからね」

畑や山で馬車馬のように働き、暮れに貯金通帳を見ると、明年農作業に使う種や肥料を買うお金まで、全部使われていた。「これでは、支援どころか、自分の生活もできなくなる」と生活の苦しさを考えていた矢先、友人から埼玉県の農業専門学校にいい仕事があると聞き、昭和23年頃17歳で上京。にわとりや山羊の世話をする仕事をしながら、浦和高等学校の夜学に通い始めた。当時は苦学生が多かった。「軍隊にいた人もいてね。戦争の話をたくさん聞きました。ただ、あの頃は、戦争の話よりも生活をどうしようかという話の方が深刻で多かったねぇ」

この時は、自分の人生の方向性を決める出会いでもあった。農業専門学校の教師が「お前は農業に向いてないから」と大学進学を薦めてくれた。農業専門学校で1年学んだ後、子どもの頃育ててくれた祖母の信仰的な助言で立正大学へ進むことになった。「苦しみの多い人生だった中で、人間の生き方と考え方を深く知りたいと思い、哲学を選んで学ぶことに決めました」

この大学時代の思い出は、今も色褪せていない。「成績は常に一番。と言っても、哲学の同級生は、私ともう1人の2人だけ」。他の専攻の者とも学生同士よく議論をした。大学3年の時、仲間からは「面白い奴だ。よく理屈をしゃべる」と学生自治会の委員長に推薦され、無事当選。内閣総理大臣を務めた石橋湛山が、立正大学学長であったため、親交を深めた。

石橋学長からは、「この厳しい時代に、哲学で食べていけるのか、変わった奴だな」と言われたが、石橋学長が早稲田大学で哲学を学んでいたことを話したところ、「なんだ知っていたのか」と大笑いになり、その後、『立正大学新聞』を作り自分の考えていることを学生に知らせたいという尾谷さんの希望に応えて発刊するに至った。

卒業後は、石橋学長の推薦と、大学での新聞編集の腕を買われ、日蓮宗宗務院に奉職。『日蓮宗新聞』編集課長として勤務、その中で、現在の大本山池上本門寺貫首である酒井日慈貫首（日蓮宗前管長）と宗務院でともに仕事をした。

働きながらも、立正大学大学院で哲学の勉強は続け、僧侶としての師は片山日幹大本山富士山本門寺貫首（後の宗務総長）、哲学の根本は、岡田隆平教授に師事。僧侶として、哲学徒として、「一体何が、世の中を動かし、指導的役割を果たしているのか」と哲学に問いかけ続けた。

「岡田先生に『人間の心情性』が人や世の中を動かしていく根本だと教えられた。それは人間精一杯の気持ちのこと。その人間の精一杯の気持ちとは具体的にいうと何ですかと先生に聞きこんだところ、『それは自分で考えなさい』と言われ悩んでいたが、お酒を飲んで酔った時に、ついに『人の気分だよ、気分』と教えくれました」と尾谷さん。そして「日蓮聖人の教えを根源に、自分の気分だけでなく、相手の気分を考えて行動すること。

これを忘れず今も、そしてこれからも、そのことを大事に生きていくつもりです」と語ってくれた。

終戦68年企画「私の戦争体験」２０１３年８月１日

〝戦争未亡人〟から尼僧へ

諏訪部　自恭
臨済宗妙心寺派成林庵前住職
（東京都墨田区）

◆

関東大震災や東京大空襲などで甚大な被害を受けてきた東京・墨田区。鐘ヶ淵にある尼寺の臨済宗妙心寺派成林庵は、２つの大災害に遭いながらも焼失や倒壊を免れてきた。

前住職の諏訪部自恭さん（89）は関東大震災直後の大正12（1923）年9月24日に生まれた。生家は東京・杉並区の阿佐谷で、母親は諏訪部さんがお腹にいる時に関東大震災に遭い「森の中に避難した」という。在家出身で、小学校までは阿佐谷に暮らした。その後は軍人だった父に伴い、名古屋・小倉で中学時代を過ごした。再び阿佐谷に戻り、19歳の時に、7歳上の軍人と結婚する。ところが昭和19年、茨城県の鉾田陸軍飛行場での爆撃演習中の事故で夫が亡くなった。

「義母はとても謹厳な方で外に遊びに行くようなことはなかった。でもその日は、義姉の子を連れてたまたま出かけていました。その時、夫が在校していた陸軍大学校から連絡がきました。今から車で迎えに行きます、と。私は喪服を着てそれを待っていました。そのうち義母も帰ってきて…。迎えの車で演習地の鉾田まで行くと燃えた飛行機が残っていました」

突然の訃報だったが、「戦争中でしたから、万一の覚悟は常識ではありましたが、涙をこらえては俯きました。菩提寺が曹洞宗でしたので、道元禅師の正法眼蔵よりの修証義を、毎朝片づけが終わると飛ぶように仏前に参り誦みました」。そして四十九日にもならないある日。「〝生をあきらめ　死をあきらむるは　仏家一大事の因縁なり　生死の中に仏あれば生死なし―〟そこまで来てふっと救われたんですね。その時に決心したんです。お坊さんになろう、と」

諏訪部さんが実際に出家するのは戦争が終わってから。この時は戦地に行った父、結婚を控えた妹を思い、その決意は誰にも言わずにいた。

その後は「戦争未亡人」として、杉並区・高円寺にあった戦争未亡人の寮で生活。「若い人から年上の方まで様々でしたが、みなお医者さんになるための勉強をしていました。私はそんな勉強はできないから、事務の仕事をしていました」。寮の近くには陸軍気象部の施設があり、そこを狙った空襲にも遭った。「警報が鳴って丁度外へ出たら、真上で飛行機からバッと（焼夷弾が）落ちてくるのが見えました。その時初めてみんな一目散に防空壕に飛び込みました」。毎晩のように空襲警報が鳴り、東京大空襲の日は、「東の空が真っ赤になっていた」ことを覚えている。

戦争末期には長野県・岡谷に疎開し、陸軍兵器廠で働いた。そこで終戦を迎えた。「8月15日は、たまたま一日暇ができたので、茅野にあった友人の家に遊びに行ったんです。そこで玉音放送がありました。そうしたらその日は鉄道がみんな止まってしまった。しょうがないので家まで歩いて帰ろうと上諏訪まで来たところで、兵器廠の車が通りかかり、乗せてもらって帰りました」

東京に戻り、2年後にはラバウルに行った父親が復員。家族は東京駅まで迎えに行ったが会えなかった。気になった諏訪部さんが阿佐谷駅に向かうと、その街中で大きなリュックを背負った父親に再会した。「すっかり変わり果てていましたから、〃お父さんじゃない？〃と聞きました。そしたら〃（俗名の）幸子か？〃って。嬉しかったですね」。大きな荷物は顔見知りの商店に預けて、父娘二人で帰路に着いた。

「お坊さんになろう」と思った諏訪部さんは、中野にあった坐禅道場の「一九会道場」、三鷹にある曹洞宗の観音寺尼僧専門道場などに通った。そして一九会道場で臨済宗妙心寺派と縁を結び、出家を果たす。成林庵に入寺したのは昭和26年だった。

成林庵は関東大震災でも倒壊せず、東京大空襲の時も周辺住宅が焼けるなか戦火を免れた。「私が入寺する少し前まで、家を焼け出された人たちがお寺で一緒に暮らしていた」。当時住職だった熊谷妙整氏の社交性に富む人柄もあってか、お寺には多くの人が出入りした。「庵主さんは地元の婦人会の会長をしていました。下町ですからみな親しい間柄で、いつも近所の女の人たちが集まりよもやま話をしていました。お寺が休憩場のようで、とても賑やかでした」と回想する。焦土からの復興を果たし、新しい住民も増えて、当時とは環境も変わった。戦争の時代をきっかけに仏道を志し、今に感謝する日々を送る。

「愚痴やいさかいは人間の迷い道です。あるがままで、正しく励みいつも合掌することで心身ともに健やかになります。お釈迦様は有り難い。未だ善悪も混沌の何千年の昔に合掌一つで世を導いて下さいました（何処までも）。人に世の永遠の平和は健やかな今日。

只今の足許よりと」

終戦68年企画「私の戦争体験」２０１３年８月８日

藤沢で機銃掃射に遭う

松田　円道

浄土宗本真寺前住職
（神奈川県藤沢市）

神奈川県藤沢市にある浄土宗本真寺の前住職、松田円道さんは今年で91歳になる。京都に生まれ、16歳で仏門に入ると、それ以来、藤沢の地に生きてきた。

当時の本真寺は尼僧の養成所として、幼年から老年まで多い時で13人が暮らしていたという。「小さな子どもが4、5人いたので、一緒に並んで勉強をしていました」と回想する。早朝のお勤め、掃除を終えてから食事をとり、畑仕事や針仕事、檀信徒宅へのお参り。食事は雑炊やおじや、畑で採れた野菜が中心で、肉・魚は一切食べない。「今でもお肉は食べません。匂いが強いものも食べません。お魚はシラスやジャコを食べるようにはなりましたね」

戦争中でも、畑で作った野菜と当時の住職の実家の農家から融通してもらったお米で、「食べ物には不自由はなかった」。食料統制の時代で、都市部では農家に買い出しに行った帰りに、警察が駅などで待ち受けていて、食料を没収されることもあったというが、「背中とお腹にお米を担いで帰ったこともありました。でも『尼さんだからいいよ』といって、調べられなかったですね」と振り返る。本真寺近くの辻堂海岸は横須賀の海軍学校の演習場にもなっていた。「お寺でお芋を干しておくと、全部なくなってしまっていた。兵隊さんに食べられてしまったようで。でも当時はみんなひもじい思いをしていたからね」

本真寺にあった防空壕は「8畳位で、そこで生活ができるようにと畳が敷かれていた」。実際にそこに避難したのは2、3度ほど。藤沢にも空襲があったが、お寺には被害はなかった。しかし、檀信徒の家にお参りに行った帰りには機銃掃射を受けたこともある。「バリバリバリバリッー、というもの凄い音がして、必死になって塀にはりついて隠れました」。

昭和20年3月10日の東京大空襲の夜には、頭巾をかぶり、隠れた側溝から空を見上げると「凄い隊列だった」というB29の機体が見えた。同年7月の平塚空襲では灯火管制が敷かれているにも関わらず、「空が明るくて昼間のようでした。怖い思いをしました」

戦争中でも、お寺の中の生活は「あまり大きな変化はなかった」というが、照明の使用を制限する灯火管制によって、本真寺で行われていた「寒修行」が一時中断されることもあった。寒修行は毎年1月4日から節分までの間、海岸線など5里（約20キロ）を歩き、托鉢して念仏をお唱えする行で、夕刻から行うため尼僧さんは提灯をもって行脚した。しかし、「灯りをつけちゃいけないから、といって出来なくなりました」

戦争が終わると寒修行も再開したが、尼僧の数が少なくなるにつれ、なくなっていった。「雨が降っても雪が降っても毎日5里を歩きました。大変でしたが、それがあったから足が丈夫なのでしょう」。寒空の下を粛々と歩く尼僧さんの姿に、信徒さんが「お茶を飲んでいらっしゃい、と声をかけてくれる人もあった」と、今となっては懐かしい思い出でもある。

終戦68年企画「私の戦争体験」2013年8月8日

勤労動員から肉体労働まで

田中　昭徳

浅草寺妙音院前住職
仏教讃歌作曲家
（東京都台東区）

戦後日本の仏教音楽（仏教讃歌）を開拓し、大正大学合唱団（音楽部混声合唱団）を草創期から指導してきた田中昭徳さん（81）。浅草寺一山・妙音院の前住職だが、お寺の出身ではない。

◆

田中さんは昭和7年（1932）2月7日、神奈川県川崎市に生まれた。6人きょうだいの3番目。日米開戦時は国民学校（小学校）4年。すでに日中戦争が始まっていたから、「とうとう英米と始めたか」と感じたという。初期の戦勝気分も冷めやらぬ中、米軍艦載機による最初の空襲があった。昭和17年4月18日。「B25爆撃機です。低空飛行で飛んでいくのが分かりました」。昭和19年4月、旧制川崎中学に進学。入学早々教師からこういわれた。「おまえたちは間もなく勤労動員で軍需工場に行かなければならない。従って夏休みは返上して勉強する」。夏休み明けまでに一年間の勉強を終わらせると宣言したのだった。授業スピードは驚くほど。特に理数系では差が著しかった。「理数系は好きだったので決して負担ではなかった」と振り返る。

9月15日から東芝の柳町工場に勤労動員。「真空管の中の空気を抜く作業」だった。最初の頃は月2〜3日は授業があったが、それが月1日となり、終戦の年になると学校に行くことがなくなった。「でも工場に来ている専門学校生や大学生などが、勉強が出来ないと困るだろうからと、何人か集めては数学や理科を教えてくれましたね」。意外なのは勤労学生に月給が支払われていたこと。田中さんは30円という金額を記憶している。「当時学校の月謝が確か4〜5円ですから、結構な額でした」「でも、それはまとめて軍事国債になって保管されたと聞いている」

昭和20年4月15日、川崎大空襲。京浜一帯は壊滅状態で、工場も焼け落ちた。幸い自宅は無事だった。工場通いはなくなったが、「地下工場を造ろうと、鶴見の東寺尾中台、總持寺裏側の山に穴を掘った」。動員中の学生か専門学校生の発想と設計らしい。20メートルぐらい掘ったという。それも暫くすると終った。

8月15日の玉音放送は、焼けた工場で聞かされた。「雑音と難しい言葉で何を言っているのかよく分からない。でも戦争が終わったというのはわかった。負けた。子ども心に本当に悔しかった」。学校に戻ると校庭には8発の爆弾跡。「大きな穴があった。そこに水がたまっていた。学校での最初の仕事が穴埋め作業。校長が陣頭指揮し、校庭にさつまいもを植えました」

終戦前後から食糧事情は極端に悪化した。「一週間ぐらい野草の葉っぱだけという時期もあった。でも他人の家の野菜を盗ったりはしなかった。やせ細りました」。週に一日授業がなく買い出しの日というのがあり、何度も出かけた。「行き先は栃木県の真岡、千葉の富津、神奈川県の秦野など。現金よりも物々交換が農家には喜ばれた。富津には横浜元町からぽんぽん船がでていて、魚や落花生を買ってきた」

さらに蒲田駅前の労働者に紛れたこともある。一定数が集まるとトラックの荷台に乗せられ、羽田に運ばれた。米軍による羽田空港の拡張工事である。「土木作業です。いただいたお金は母親に渡した。ただ手配師が高校生とわかるとピンハネしましたね」。田中さんは一時、一家の貴重な働き手であった。

昭和25年3月、新制度による高校を卒業し大学受験。食べることに大変だったこともあり、国立大学の工学部を受けたものの落ちて2浪した。高校の音楽教師から好きな音楽へと勧められ、武蔵野音大作曲科も併願受験。こちらのほうが合格した。実は戦時中、田中さんは動員中の大学生からピアノの手ほどきを受け、音楽の魅力にはまっていた。親には内緒だった。合格したとはいえ経済的な理由もあり、両親は猛反対。しかし恩人と慕う人が家族を説得し、支援してくれたのである。晴れて音大生となった。「ここまでが第1ラウンド」と笑う。

第2ラウンドは入学後からである。教授から「日本の音階を使った作品を創るように」との課題。田中さんは声明に着目した。音大仲間にある女性がいた。「浅草寺支院の娘さんで、彼女を通じて声明を習い始めた。それで声明を素材にして創作しようと」「そのうち彼女の父親から、坊さんにならないかと勧められ、これも一つの人生と思った」と僧侶への道を決意。境内にある伝法院に〝見習いの小僧〟として入った。

「毎朝5時起き。清水谷恭順大僧正（当時）の元から大学に通いました。それを一年間続けてから得度、加行を履修し、坊さんとなりました。こんな状態だから、曲を書いている暇がない。だから提出した曲は〝未完成〟でしたよ」と苦笑する。

戦災で伽藍を焼失した浅草寺は当時、仮本堂で復興の途上にあった。支院も決して裕福ではなかった。昭和31年音大を卒業した田中さんは音楽科教員として区立中学に赴任。都立高校に異動した昭和36年頃から、少しずつ経済的にも肉体的にも余裕が出てきた。

音大入学後、恩人を通じてオルガニスト・作曲家の伊藤完夫（1906―2005）と出会った。伊藤が大先輩だが、二人は戦後の仏教讃歌の地歩を築くことになった。田中さんは学生時代から大正大学の合唱団を指導したほか、いくつかの音楽サークルにも足を運び合唱の素晴らしさを伝えてきた。「中高時代の友人から、君は工学部に行ったんじゃなかったのか、とか、いつ坊さんになったのかと今でも聞かれますよ。本当に不思議な巡りあわせ、ご縁ですね」と田中さん。戦中戦後の青春時代の苦労を感じさせない笑顔で話した。

終戦68年企画「私の戦争体験」2013年8月15・22日合併

空襲で伽藍焼失、復興に半世紀

小野塚　幾澄

前真言宗豊山派管長
目白不動金乗院住職
（東京都豊島区）

江戸三不動の第一、豊島区の目白不動金乗院。住職の小野塚幾澄さん（82）は前真言宗豊山派管長・総本山長谷寺化主を務めた学僧である。また金乗院には戦争を挟んで3世代にわたる中国との交流史がある。

◆

戦争が始まった当時の様子を聞くと、小野塚さんは首をかしげた。昭和6年（1931）8月1日生まれの小野塚さんは、「戦争が始まったのは昭和12年（1937）7月、昔で言う支那事変から」と言い切る。戦後派は昭和16年の日米開戦以降を戦争とみる傾向があるが、小野塚さんはその見方に注意を促す。「小学校に入った頃が支那事変、中国との戦争。小学校高学年の時に太平洋戦争に入った」。つまり、小野塚さんが物心ついた頃から日本は戦争に突入していたわけだ。

昭和20年、日本本土は米軍の空襲に遭い、多くの人命を失う。本所・深川方面を焼き尽くした3月10日の東京大空襲を屋根の上から見ていたが、「いつ続いて空襲があるか」と危惧していた。4月13日、再び大空襲。旧制早稲田中学2年の小野塚さんは音羽・護国寺方面に向かって逃げた。周囲は火の海。「坂道を登って、振り返ってみるとお寺のあたりは焼けていた。この日の空襲で豊島区の3分の2が焼失した。なんにもない。烏有に帰しましたね」。追い打ちをかけるように、約1キロ離れた場所にある豊山学寮があった新長谷寺が5月25日の空襲で焼け落ちた。空襲の恐ろしさをまざまざと実感させられた。

後に豊山派宗務総長となる父の潤澄師（1907～69）は召集され中国戦線にいた。焼け出された小野塚さんは祖父の與澄師（1875～1947、元豊山大学教授）らと千葉・検見川の広徳院に避難。広徳院住職は出征していた勝又俊教師（１９０９〜94、総本山長谷寺第79世化主）である。ちなみに小野塚さんによると勝又師は海軍だが、福島で松根油作りに携わっていたという。

「千葉で終戦の詔勅を聞きました。昭和天皇が終戦を宣言された。放送はあまりよく聞こえない。戦争が終わったんだなと感じたけれども、祖父は日本は負けたんだと説明してくれた。当時は天皇陛下は神様扱いで、絶対の存在です。その方が宣言をされたわけですから、国民にはかなり衝撃的に行き渡ったと思います」

金乗院に戻り、屋根を焼失した山門にバラックを付け足し本堂兼庫裏とした。昭和21年、父が復員。「わずか一間、そこに６人いたかな」。やがてＧＨＱが置かれ、米兵が街なかに入ってくるようになると小野塚さんは違和感を覚えた。「それまで軍国教育を受けて、軍国少年でしたからね。鬼畜米英って知ってますか。鬼と畜生ですよ。そう教わった。だから米兵が入ってくるとちょっと近づきがたかった」

戦前の軍国教育、天皇を現人神とする教育、そして戦後の教育。後に大正大学で教鞭を執る小野塚さんは、教育の持つ意義と大切さ、そして恐ろしさを言葉の端々に滲ませた。「戦時中は理工科に進み、技術将校になろうという目標があった」というのも、その一つである。

大正大学に進学し、密教を研究。博士課程を修了して大学に奉職した。昭和41年、私立大学連盟の在外研修員として3カ月間、米国、ヨーロッパを訪問。「飛行機で米国に着いてから、どうしてこんな世界一力のある国と日本は戦争したのかと何度も思いましたね。体格から物資も食糧も、全然違う。日本は食うや食わずでしたから」。体格だけでなく、あらゆる面で国力の違いを感じた。さらに「ウイスコンシン州のウイスコンシン大学にブディスト・プログラムがあった。そこを視察したが、仏教研究の面でも優れており、改めて米国の凄さ感じましたね」と振り返る。

ところで、現在の池袋サンシャインビルは戦犯を収容した巣鴨プリズンの跡地に建つ。そこから金乗院近くの明治通りを通って市ヶ谷の法廷に行くA級戦犯の車列を何度も目にした。「ＭＰが乗ったジープが先導するからすぐ分かる。他に車は走っていない。A級戦犯の方たちはバスに乗っていました」と貴重な目撃証言。

小野塚さんは日中友好宗教者懇話会（宗懇）理事長、会長を歴任。父の潤澄師はその前身である「中国人俘虜殉難者慰霊実行委員会」の活動に挺身した。中国仏教協会の趙樸初会長（１９０７～２０００）とは2代にわたって親交を深めた。中国に対し申し訳ない気持ちでいた潤澄師に、趙会長は「日本の軍閥が悪いのであって、国民が悪いわけではない。だから仲良くしましょう」と話したという。復員できたのも「蒋介石総統が『徳を以て怨に報いる』（以徳報怨）と宣言してくれたからだと感謝していた」

それだけではない。「戦前の祖父の時代、金乗院には中国の留学生が何人かいました。祖父の13回忌を迎えようとした時、中国江西大学の黄輝邦教授がお墓参りに来られた。香港居士林の開創もそうですが、日中親善（に携わったの）は金乗院の底流にそうした精神があったからです」と小野塚さん。金乗院3代の歴史と日中親善は共鳴し合っている。

戦後の伽藍復興は順風満帆というわけではなかった。「昭和27年に仮本堂と庫裏を造ったものの、あくまでも仮。父が亡くなり、住職を継いだ後の昭和46年に本格的に本堂ができた。周囲の人は昔からあったように言うけどね」。平成10年（１９９８）に客殿・庫裏が完成。「戦争が終わってから半世紀して、ようやく伽藍が整備された」

終戦68年企画「私の戦争体験」２０１３年8月15・22日合併

学徒出陣し、シベリア抑留

岩波　道俊
曹洞宗福泉寺住職
（横浜市戸塚区）

５年前の夏、『シベリア―抑留者からの遺言』（私家版・非売品）を上梓した岩波道俊さん（90）は、横浜市戸塚区の曹洞宗福泉寺住職。学徒出陣し、終戦を北朝鮮の平壌で迎えたが、そのままシベリアに抑留された。

◆

大正12年（1923）7月4日生まれの岩波さんは、駒澤大学生だった昭和18年（1943）12月に応召。学徒出陣である。千葉の予備士官学校で訓練を受けた後、同19年2月頃に平壌防衛の任務にあたった。「昭和12年7月に支那事変。大学の時に日米開戦。不安はありました。本当に勝てるのかと。海軍は世界を回り、世界情勢に詳しいのになぜ戦争を止めなかったのかなとも思いましたね」

学生同士で戦局の厳しさを率直に話しあうこともあった。「学友が『おまえは坊主だろう。ゆくのか（出征するのか）』と、こういうんだよね。辛かった。しかし、やっぱり国を守るということを言ったんだけれど、逃げ口上だったね」「兵役は三大義務の一つだった。戦争を肯定するわけにはいかないし、本当に辛いところだった」

苦悩を抱えた青年は平壌防衛のため高射砲訓練を受けた。「直接ドンパチしたわけではない」。その平壌で終戦を迎えたが、事前に重大放送があると聞いていた。「大事な放送と聞いて、われわれはいよいよソ連との戦争だなと覚悟した。そしたら全く逆。敗戦の玉音放送でびっくりした。まさか負けるとは思っていなかった」

8月15日を境にして立場が逆転した。大隊本部から抵抗せずソ連軍に従うよう命令があった。武装解除され貨車で収容所に送られた。民間人はその日から家や土地、財産を失い、8月の暑い線路の上を南に向かって歩いて行った。「兵隊さん、何とかしてくださいと言われても、われわれも貨車に閉じこめられて大きなカギでがちゃん。何かの足しにと窓から飯盒や毛布などを落とした。何もしてやれない…。これが戦争に負けたということかと」

どこに行くのかも知らされず、岩波さんらは同年10月末、船と鉄道と行軍でシベリアに送られた。最初は北緯52度にある「ラーダ」という村の収容所であった。ダモイ（帰国）と思わせながら、他の収容所に移送されたこともあった。短い夏は主に農作業、冬場は木の伐採である。冬場は零下三十度という酷寒のなかでの作業となる。冬場の便所掃除が面白い。「日本のように柄杓とか桶はいらない。筵と鑿を持っていく。カチンカチンとやる。凍っているから臭わない。それを筵に入れて山に捨てる。宿舎に戻る前にちゃんと氷の粉末を払ってから入るようにするんだけれども、とにかく寒いからちゃんと払わないで入る人がいる。するとストーブにあたれば、衣類にかかった粉末が溶けてくる。誰かが、いい臭いがしてくるなと（苦笑）」

シベリア抑留は2年。「我々の隊では衰弱死する仲間はいなかったが、他の地域では結構いたようだ」。岩波さん自身、20代前半で体力があった。抑留者には共通した願望があった。「日本のみそ汁を飲みたい、日本の風呂に入りたい、田舎の山を見たい。この3

つの願いをみんな持っていた。亡くなった人はどれ一つもかなえられなかった…。なんとか帰国できた人は実現できたけれども…」

岩波さんは密かに社会主義国の宗教情況が知りたいと思い、ロシア語を懸命に勉強した。片言だが、少し理解できるようになった。そのため、作業にいないよりはましだと一部通訳を任されることになった。この日も港で荷物（セメント袋）の荷上げ作業。

「ソ連兵の監督官（ナチャーリニク）にノルマを確認した。前日と同じ3千袋でいいかと尋ねた。途端にナチャーリニクは早口でまくし立てた。そんな早口では全く通じない。話の中で『オーゴロ』というような言葉が入っていたように思えた。これは『大体』とか『およそ』『ぐらい』などの意がある。いずれにしても話の意味は不明なので、昨日と同じ3千袋でよいかと3回にわたって尋ねた。ナチャーリニクも諦めたのか、あるいは3千はないと見えたのか、『ハラショウ』（ＯＫ）と言った。全員で3千のセメント袋を運び出した。ほこりを払いながら帰り仕度を始めた。現場にはまだ100袋ほど残っていた。ナチャーリニクが飛んできて、なぜラボート（仕事）をしていないのかと私を責め立てました」

岩波さんはノルマを終えていると説明。このやりとりが何度か続いた。するとナチャーリニクはコンボーイ（歩哨）に目配せをした。コンボーイはマンドリン（自動小銃）を持ち、作業員を常に監視する役目。収容所から作業場までの移動の際、しばしば犬や猫を撃ったりし、日本人収容者を驚かせた。

そのコンボーイが岩波さんを小屋の裏側に連れだした。そして銃口を岩波さんに向け「直ちにラボート」と迫った。岩波さんは約束通りやったと言い返した。同じことを三回繰り返したが埒があかない。コンボーイはマンドリンの安全装置を外した。カチンと音がする。「これが地獄の三丁目か」と思った。その時、通訳が「オーイ、オーイ」とやってきた。三橋隊長も一緒である。ホッとした。「地獄に仏とはこのことかと」。この通訳は陸士時代、ロシア語を専攻した専門家である。岩波さんは語学力のなさを詫びた。

両者の話し合いで、残りの100袋ほどを片づけることで折り合いがついた。「仲間が承知してくれたことは何よりの幸いに感じた。私もみんなと一緒に担いだ。宿舎に入る時みんなに合掌した」「あとで通訳の話で分かったのだが、ナチャーリニクは3千ぐらいだからやってくれということだという。私はこの『ぐらい』がわからなかったのだが、要は全部やれということであったのだ。結局私の未熟のせいであった」

青春時代の辛い体験である。「敗戦とシベリア抑留が22歳。20年余の生涯を終えてあとはどうなるのかとか、もし帰れなければ家族や檀家はどうなるかとか、生意気にも日本はどうなるのかとか。寒さや人間性を無視した収容所の環境面よりも、精神的な心配が常にありました」

多難で過酷な抑留生活を終えて帰国したのは昭和22年11月。間もなく大学に復学した。昭和25年に卒業し、縁あって小学校教員となり、最後は2校で校長を務めた。

帰国するまでの4年間は平壌とシベリアで過ごした。「言葉も通じない。ダモイができるのか。肉体的精神的な不安もあった。仲間で頑張れ頑張れと励ましあった。辛い4年間の体験は、後の肥やしになったのかなと」。そう戦争体験を総括した。

【平成26年（2014）5月死去】

終戦68年企画「私の戦争体験」２０１３年８月29日

長引けば〝海の特攻隊〟

額賀　章友

元世界宗教者平和会議（ＷＣＲＰ）日本委員会広報委員
日中友好宗教者懇話会副会長

カトリック教会が諸宗教への門戸を開いたのが50年前のバチカン公会議（１９６２～65）である。この流れをうけて京都で第１回世界宗教者平和会議が開かれた。額賀章友さん（86）は長年、佼成新聞の記者やＷＣＲＰ日本委員会の広報委員として宗教協力の現場を観察してきた。以下は、額賀さんからの寄稿である。

◆

私は昭和2年（1927）10月8日、現在の茨城県行方市に生まれた。8人兄弟姉妹の次男である。当時、曾祖父母、祖父母、父母のほかに住み込みのお手伝いさん（男・女）2人を加えると16人の大家族であった。

曾祖父は大正年間から霞ヶ浦の一部（百万坪）を埋立てる事業を手がけ、それを祖父、父が引き継いでいた。埋立地は稲作の水田となったが、戦後、「農地解放」により耕作者に無償で支給された。

昭和6年に満州事変、同12年に支那事変が起こり、大陸では戦争が始まっていた。

私が中学校（旧制）に入学したのは昭和15年の4月であった。ちょうど皇紀2600年という節目にあたり、日本中がお祝いと慶びに溢れていた。

ところが翌16年12月8日、日本はハワイの米国海軍基地を奇襲攻撃して、大東亜戦争に突入、厳しい戦時体制に入った。農家の若い働き手が続々と応召、入営するので、それを補うため私たち中学生がしばしば農作業の手伝いに動員されるようになった。つまり教室で静かに授業を受け、落ち着いて勉強する雰囲気ではなくなってきたのである。

商店街では、物不足が目立ち、「欲しがりません勝つまでは」の標語が広まっていた。

そして昭和19年7月、私たちの中学も軍需工場に動員されることになった。全員、工場近くの寮に入り、朝から夕方まで機関砲の弾丸をつくる仕事に従事させられた。油にまみれて仕事をすることは、それほど苦にはならないが、寮の食事（僅かなご飯と味噌汁と香の物など）だけではすぐ空腹となり、全く耐え難いものがあった。私は空腹時、飢えというものが、いかに強烈な苦しみを与えるかを実感した。級友たちもこの空腹にはかなりこたえていた。私はやむにやまれず、家から大豆や落花生などの豆類を火にかけ煎ったものを送ってもらい、級友たちと一緒にかじって飢えをしのいだ。

工場に動員されてから数カ月後の11月、私は激しい胃痛に襲われた。診察を受けると盲腸炎であった。早速手術することになった。当時、医薬品も医師も足りなかった。私は麻酔も充分にかけられないまま、手術台に上った。あの時の痛さ、苦しさを身に感じると、武士が切腹する際の痛さ、苦しさも〝断腸〟の思いで推測することができた。

わが家でも異変が起きた。兄（22歳）はすでに陸軍の部隊に入営しビルマの戦地にいることが判っていたが、さらに父（42歳）が召集され仙台の部隊に入ったのである。一方、私は手術の〝荒療治〟のせいか、経過がよくなく、自室で静養するよう学校から指示された。

昭和20年、中学を卒業。私は、男手のいない家に留まって、進学を延期することにした。

その頃私に、役場から昭和20年8月末日、広島の宇品港にある部隊に入隊するよう内示の文書が届けられた。「いよいよ、自分もか」と覚悟を決めた。宇品の部隊は「船舶工兵」という、新しくできたもので「小さな船に爆弾を積み、敵の船に体当たりする部隊で、いわば〝海の特攻隊〟」であるという噂が飛んでいた。

8月6日、広島に新型爆弾が投下され20余万人の市民が犠牲になった。そして8月15日、玉音放送。「戦争が終った」ということを聞いた私は、正直に言うと「ホッとした」というのが、偽らざる感情であった。もし、このまま戦争が長引けば、私は広島の部隊に入隊し、生きて帰ることは不可能であると予想していた。それが一転したのである。私は、この時ほど自分の生命の存在と、尊さについてひしひしと感じたことはなかった。

戦後、私は佼成出版社に入り、永年にわたり「佼成新聞」の編集に携わってきた。とくに庭野日敬立正佼成会開祖（１９０６―99）の宗教協力などの諸活動や世界宗教者平和会議（ＷＣＲＰ）の広報活動を、併せて担当してきた。

現在、日本の宗教界では「宗教協力」はごく当たり前になっている。しかしながら、今から50～60年前、昭和30年頃の宗教界では、庭野開祖をはじめ一部少数の宗教者が宗教協力の必要について訴えているに過ぎなかった。

庭野開祖は「すべての宗教の本義、目的は一つであり、共通しています。この本義に基づきますと、どの宗教も教義や信仰儀礼などの違いを越えて、共に行動し、協力することができるはずです」という信念のもとに宗教協力を提唱し、全国を遊説していた。

今岡信一良師（東京帰一教会代表、1881―1988）も熱心な宗教協力の推進者であった。今岡師は浄土真宗家庭の出身だが、中学時代キリスト教会に通って英会話の勉強をしている中に、宣教師のすすめにより、その教会から洗礼を受けた。父は浄土真宗の熱心な信者であったので「お前はなんということだ。耶蘇教（キリスト教）などやるもんじゃない」と怒って、勘当された。

明治36年、今岡師は東大文科に入学する。その頃東大に宗教学講座が開設され、姉崎正治（1873―1949）が主任教授となった。今岡師は姉崎教授と出会って、一つの目を開いたのである。姉崎教授はこのように指導した。「私は仏教徒であるがキリスト教徒でもある。キリスト教徒であるが仏教徒でもある。つまり、仏教もキリスト教も、めざすことは同じであり、根本は一つである」

この言葉を聞いて今岡師は、大きな衝撃を受けた。今までキリスト教一本に固まり、純粋にそれを信奉してきた今岡師は姉崎教授の宗派意識のない幅広い考えに接し、大きな驚きと共に、今までとは全く別の新しい世界に目を開くようになった。

今岡師は「あらゆる宗教が根本的に一致するなら、各宗教は、もっと対話や協力を、積極的に進めるべきではないか」と心中に固く決め、やがてその生涯を宗教協力の推進に全力を傾注するようになった。

昭和32年6月、東京・明治記念館に各宗教の代表60余名が参集し「日本宗教協力協議会」の創立総会が開かれた。協議会は全日本仏教会、キリスト教連合会、神社本庁、教派神道連合会、新日本宗教団体連合会、日本宗教学会の代表を中心に組織することにして、規約・事業計画・役員人事等を検討した。その結果、理事長に椎尾弁匡（前大正大学学長）、理事長代理兼事務局長に今岡師、常任理事10名、理事35名、顧問、参与等を決定した。庭野開祖は常任理事に推挙された。

当面の活動計画としては、機関誌「日本宗教」（月刊）を発行すると共に、毎月1回定例の勉強会・懇談会を設け、日本における宗教協力の諸問題について検討する。その他「宗教協力会議」（年1回）、講演会（年4回）、座談会（毎月1回）を開催、各宗教間の対話と協力を図る活動を行うことになった。

昭和33年10月、同協議会の年間予算を決める理事会が開かれた。審議の途中、庭野開祖が立って次のように発言した。「事務局から提出された来年度の予算案として30万円が計上されておりますが、この程度の予算で、充分に活動はできないのではないか。宗教協力を本気になって進めようとするなら、20万でも、30万でも、もっと増額したらどうか」

この提案に出席者はびっくりした。当時は宗教協力といっても、お付き合い程度に軽く考えていた多くの出席者は戸惑いの様子を見せていた。庭野開祖はさらに発言を付け加えた。「ここにご出席の諸先生は、日本宗教界における有数の大教団の方々です。それぞれの教団が応分の資金を提供して下されば、予算など一挙に解決するはずです。微力ながら私どもも応分の負担をさせて頂きます」

今岡事務局長は庭野開祖の発言を聞き、宗教協力を真剣に推進しようとする開祖の信念と情熱に、心から感動。両者の心は一致し、やがて固い絆で結ばれるようになった。

このような「宗教協力」への真摯な努力が実を結び、10数年後の昭和45年（１９７０）、京都に世界10大宗教の代表が参集し、第１回世界宗教者平和会議（ＷＣＲＰＩ）が実現することになる。

英霊を弔い続けた半生

竹内　泰存
日蓮宗法華堂教会院主
（東京都足立区）

東京都足立区の日蓮宗法華堂教会院主の竹内泰存さん（83）は戦争体験に深い悲しみを受け、戦後、様々な心の遍歴を経て僧侶になった。戦死した英霊を弔い続けてきた半生だった。「世界がぜんたい幸福にならないうちは個人の幸福はあり得ない」をモットーとする宮澤賢治研究家でもある。

◆

満洲事変の発生した昭和6年（1931）、竹内さんは足立区千住の米穀商の家に生まれた。7人兄弟の長男。当然、物心ついたころから物資の不足があった。「戦争中、一番辛かったことは食べ物がないこと。食事は麦が入ってれば最高、普段はカボチャやイモ。一番ひどかったのは豆カスで、何の味もしないんですよ」。米穀商だがそれでも白米を食べるなんて夢のまた夢。「自分だけおいしいものを隠し持って食べる、そんな人はあの当時はいませんでした。軍人勅諭に『軍人は質素を旨とすべし』とあります。それが当然だと思っていました」と振り返る。一方、学校などは楽しかったともいう。

昭和16年大東亜戦争が始まる。当時の戦況は「ミッドウェイ海戦（昭和17年6月）までは確かに勝っていましたからね。あれ以後ですね、下り坂になっていったのは」。日本が劣勢になるにつれ、竹内少年の心にも国のために戦う気持ちがどんどん強まってきた。「先輩が何人も特攻で散ったことを知り、私も本所（墨田区）の安田学園の航空科に入学しました」。ところが、そんな折に東京大空襲。10万人以上の無辜の民が犠牲になった激しい攻撃で、生家のある足立も、学校のある墨田も大変なありさまになった。命こそとりとめたが「友人が何人も死に、一家全滅という家庭も珍しくなかった。焼け野原の中、もう駄目だろうと思いました」と絶望寸前に立たされた。その悲惨さは「絶対に許せない」。そんな思いだった。

玉音放送は安田学園で聞いた。「天皇陛下の声をしっかり聞かなければ、と思ってはいましたが、当時のラジオは真空管で音も悪い。よく聞き取れずに、最初は『最後の一人まで更に奮起して玉砕まで戦おう』ということなのかと思いましたよ」。しかし、すぐに本当のところがわかる。日本は敗れた、それを天皇陛下が告げたのだ。

竹内さんは「昭和天皇さまというのは本当に立派な方です。あの敗戦の詔の決断が、将校も一般人も日本人皆の矛を下げさせたのですから」と讃える。戦後、昭和天皇は国民の心を励ますために全国を行幸。「あんなことは普通の人にはできませんよ」と竹内さん。

焦土の東京も、わずかずつ復興を歩んだ。ところが、竹内青年の心には割り切れないものがあった。

「何故、戦争は起きるんだろう、何故、人は死ぬのだろう…こんなことをずっと考えていました。何しろもう少し早く生まれていたら特攻で死んでいたんですから。それで、宗教に興味を持ったんです。何か解決できるかもと思って」。竹内さんはまず菩提寺だった真言宗寺院に向かい、住職と、生・死・戦争について哲学的な談義をした。「でも、その住職は『戦争は必要悪』といったことを仰る。私とは意見が違い、納得できなかった」

それから竹内さんの宗教遍歴が始まる。「天理教、大本、霊友会、生長の家、ＹＭＣＡ…色々なところに行きました」。けれど、どれにも心の底からは満足できなかった。そんな折、浄土真宗に聞法したことは非常に印象に残ったという。「私はどうしても西方極楽浄土の存在を信じられず、入信はしませんでした。しかし、どんな人間でも救われる、ただお念仏を唱えればいい。亡くなった英霊も友人もみな西方浄土にいるという教えはとても思想形成に役立ちました」

さらに竹内青年の心を傷つけたのは東京裁判だった。「私は、あれを大東亜戦争におけるガンだと思っているんです」と憤りを吐露する。「東京裁判は、空襲や原爆投下の犠牲を帳消しにするための戦勝国による一方的な裁きに過ぎなかった。当時からもそういう印象を受けましたよ」という。

内面的にも社会的にも苦悩の日々。何故、法華経に出会ったのか。「18の秋、神田の古本屋で宮澤賢治の本を手に取ったのです。『雨ニモマケズ、風ニモマケズ…』これに本当に全身で痺れた、感じ入った」。賢治のように世のため人のために生きなければならないと誓った。そして、賢治が心の支えとした法華経の教えに本格的に取り組もうと、20歳で出家した。

仏道修行と賢治研究に明け暮れる中、昭和34年6月に竹内さんは世界立正平和本部の一員として東京から広島まで行脚（国民平和大行進）に出る。当時の「日蓮宗新聞」には「竹内君元気に出発」「私たちが再び原爆で殺されないために―世界の人々と原爆で殺し合うことのないように」とあり、山田日真管長の染筆した玄題旗を受け取る竹内さんの写真もある。

32歳で結婚した竹内さんは、世界各地で死んだ英霊の供養にも力を尽くした。「BC級戦犯には現地で死刑に処せられた方々も多いですから。パラオ、フィリピン、サイパン、ガダルカナル…妻と一緒に行き、慰霊法要をしました」。戦没者を慰霊・顕彰する「英霊にこたえる会」の会員でもある。

昭和56年、自宅を改装し宗教法人「法華堂教会」を創建。宮澤賢治の「法華堂建立勧進文」に由来する名だ。担任の座は息子に譲ったが、今でも信徒のためにお参りを欠かさない。代表を務める宮澤賢治精神宣布会は賢治忌の講演会など活動中。「隠居の身」とも言うが、竹内さんにはまだ夢がある。

「昭和神宮を御創建したいんですよ。昭和天皇さまは本当に立派な人だった。その徳はいつまでも称えなければならないと思うんです」。昭和神宮御創建期成会（本間正信会長）の会員だ。「それが私の最後の仕事だと思っています」

平和のために宗教家が行うことは「やはり、祈り。これが一番基本、世界人類のために祈ることです。具体的には英霊に感謝すること」と確信する竹内さん。自坊で、靖国で、今日も祈り続けている。

新春エッセイ　2014年1月1日

戦災復興の力を震災復興に

板橋　興宗
曹洞宗御誕生寺住職
（福井県越前市）

今年は終戦から69年。70回忌ですね。戦争が長引いていたら間違いなく戦地に行ってたでしょうね。私は海軍の幹部を養成する海軍兵学校の生徒として峻烈なる教育も受けた。戦争は起こるべくして起こった。というのは日本には石油がなかった。ところが軍艦から戦闘機などはすべて石油を燃料にしていた。その石油輸入をストップしようとしたＡＢＣＤと対立した。Ａはアメリカ、Ｂはブリテッシュ（英国）、Ｃは中国、Ｄはオランダ。ＡＢＣＤ包囲陣です。しかし資源の乏しい日本は敗れました。

戦争は起こるべくして起こったと言いましたが、日本にとって犠牲は大きかったけれども無駄ではなかった。言い方を換えると、多大な犠牲を払って一番恩恵を受けたのは日本ではなかったか。いわゆる戦勝国とされた国々でも、その後に内戦が起きたり、開発が遅れている国もある。そうしたなかで、敗戦した日本に民主主義が導入されたことの意義は大きい。日本だけでは、明治の流れから脱しきれなかったかも知れない。

われわれ小学校の頃は〝コーコーハクシダン〟だったんです。知ってますか？　公・侯・伯・子・男の爵位ですよ。つまり家柄、身分です。それが重んぜられていたのが、敗戦でなくなった。とにかくびっくりした。これだけ人権の平等が徹底したというのは敗戦のおかげでしょうね。農地解放も驚いた。地主から田を借りて稲作をやっていた人々が、自分の名義の田になった。アメリカの行政指導のおかげです。日本だけの力では地主階級が強いままだったでしょう。身体に例えると、敗戦という大手術を経験して、今なりの健康な身体になったということです。

ただし、それができたのは日本人の偉大さではないかと思っている。国土の適度な広さ、四方を海に囲まれていて、同じ日本語を話すから一つにまとまりやすかった。もともと教育への関心も高い。複数民族、複数言語の国だったらそうは行かなかったでしょう。敗戦によるあらゆるマイナスをプラスに換えてきたのが日本なのです。日本人の底力をというものを感じます。

東日本大震災後、宮城県の亘理や荒浜などを視察しましたが胸が痛みました。津波で塩分があるうち、田畑は耕作ができない。千年に一度といいながらも、次の津波を考えると生産活動に踏み切れない気持ちもよく理解できます。被災した広大な土地は今後どうなるのか。復興も遅れていると聞いてます。

日本は明治以降もいろいろな災害に遭ってきました。関東大震災後の都市の復興、戦争では各地で空襲がありました。阪神淡路大震災もありました。そうした災害から立ち上がる能力を潜在的に持っていると思うのです。被災者だけではありません。日本人すべてが復興に向けて潜在能力を発揮してもらいたいものです。

いたはし・こうしゅう／昭和2年（1927）宮城県生まれ。海軍兵学校（76期）、東北大学卒。渡辺玄宗禅師に師事し、後に井上義衍老師に参禅。福井・瑞洞院、石川・大乗寺を経て、平成10年（1998）横浜市の大本山總持寺貫首、曹洞宗管長に就任。4年後に貫首・管長の公職を辞し、瑩山禅師を顕彰すべく現在地の福井県越前市に御誕生寺を建立した。現在宗門公認の修行道場として30人ほどの僧が精進している。猫もたくさんいる。

「展望２０１４」２０１４年1月30日

戦争協力への懺悔から始まる

河野　太通
臨済宗妙心寺派管長

私が管長に就任して平成22年から広島、沖縄、長崎、そして昨年東京の千鳥ヶ淵と４カ所で平和祈念法要を行った。

妙心寺派教団には花園会があり毎年一回、女性部の大会がある。私がそういう思いを持っていることを幹部の方が知っていて、広島で開催することになった。初日に原爆資料館（広島平和記念資料館）を視察しての学習会。二日目に原爆供養塔前で読経してお祈りです。それから広島で終わりではなくて、継続することとなり、次の年は沖縄、3年目は長崎、4年目の昨年が千鳥ヶ淵。4年かけて4カ所、いい平和巡礼ができた。参加者は原爆や戦争、平和について認識を深めたと好評でした。

平和活動の原点は何かとよく聞かれます。やはり戦争体験が大きい。結論から言うと、日本が戦争に突入する以前の平和な時、すでに戦争に対する罪が始まっていた。そして教団が歯止め役をなしえなかったことへの反省。そういう思いが私にものを言わせるんですな。

終戦は旧制中学4年でした。私が生まれたのは1930年（昭和5年）。1931年に満州事変が起こり日中戦争、太平洋戦争になっていく。ということは生まれてから15、16歳まではずっと戦争だった。だから国はいつも戦争をしているものだと思っていた。そこで軍国主義教育を受けていますから、私たちの世代は、いずれは国のためにいのちを捧げることを生き甲斐にしていた。バリバリの軍国少年でした。

ところが戦争に負けて、体制が崩壊すると、自分の生き甲斐も崩壊した。改めて自分は何になったらいいのか、何のために生きていったらいいのかを考えざるを得なかった。

学徒動員で工場勤務する前、日本が戦争に勝ったら米国人も日本語を話すようになるから、あまり英語を勉強しなくてもいいという。戦争が終わって学校が再開されると同じ先生が、君たちを教育していたのは軍国主義教育で間違いであった。これからは民主主義教育だから、そのためには英語を一所懸命勉強しなければならないと。先生の言うこと、大人の言うことを信用出来なくなった。

戦後、日本は民主主義教育となったが、他の国には、共産主義教育も社会主義教育の国もある。社会が変動してそれに併せた考えや生き方は浮き草と同じ。それは自分の人生ではない。社会がどんなに変動しようが、人間として変わらない正しい生き方や信念があるのではと考え、求めるようになった。もともと私は鎌倉に住んでいて、祖父が建長寺の信徒総代をやっていた。幸い、禅寺に縁があり、坊さんの道を進むことになった。

ある日、小僧としてお寺にお手伝いに行ったら、檀家さんが和尚に向かって、隊長、隊長と呼んでいた。どうしてかなと思っていたら、檀家さんは和尚の兵隊時代の部下だった。その時初めて坊さんも鉄砲担いで戦場に行ったことを知った。坊さんになってエライ失敗をしたと後悔した。しかし、仏教の勉強、坐禅はしたかったので、宗門の学校である花園大学に学んだ。市川白弦先生（『仏教者の戦争責任』著者）に出会ったことは私に大きな影響を与えた。坊さんになったのが間違いじゃなくて、仏教教団が間違っていたんだと気づいた（苦笑）。

図らずも花園大学長時代、妙心寺第2世遠諱の時、法堂での記念講演を頼まれた。戦争に協力したことに対して教団は懺悔をしなければならないと話した。和尚方は、檀信徒の前に立つと、いのちを大切にしましょうと言う。しかしそのいのちを大切にしなかった歴史がある。あれは間違いだったと懺悔しておかなければ、他人にいのちが大切だと言えないじゃないか、だから宗門は社会に向かってあれは間違いだったと表明してくれと要望したんですわ。多少の反応はあったけれども、大きな波紋にはならなかった。私は宗門に対する希望を失った。

しかし、それから6年後にオーストリーの婦人からの禅門管長、師家に対する戦時の宗門に対する質問状、さらに米国に起こった同時多発テロが機縁となって、平成13年（2001）9月27日の「非戦と平和の宣言文」（臨済宗妙心寺派第100次定期宗議会）となったのですが、全くの自浄作用でなかったことを残念に思っています。

戦争の罪は、もともと平和時にあります。一般庶民に、社会的政治的情報が知らされず、庶民も知ろうとしなかった。「無知」で「知らぬが仏」で居たことの罪である。同じことが近年、原子力発電所の事故によって思い知らされたのではないか。仏教でいう「正見」「正思惟」を欠いたのです。

繰り返しますが、戦争や原発事故が起こって初めて罪が発生するのではない。戦争前、事故前の〝平和な時〟に、何もしないこと、無関心でいることは罪を犯しつつあることなのです。宗教者は、時に冷徹な思いを持ち続けないといけません。（談）

こうの・たいつう／昭和5年（1930）大分県生まれ。兵庫・祥福寺専門僧堂師家、花園大学学長などを歴任。平成22年、臨済宗妙心寺派管長、全日本仏教会（全日仏）会長に就任。会長時代、原発事故をうけて宣言文「原子力発電によらない生き方を求めて」を発表した。管長職は今年3月まで。山田無文老師について南太平洋諸島で遺骨収集活動にも携わった。アジア南太平洋友好協会会長。著書多数。

東京大空襲70回忌　紙上法話　２０１４年３月６日

恐怖だった焼夷弾の音

八木　季生

浄土宗大本山増上寺法主

３月10日は東京大空襲から69年。一夜にして10万人以上が犠牲になったと言われ、その70回忌でもある。戦争体験者は年々減少していくが、浄土宗大本山増上寺の八木季生法主は東京大空襲を体験した一人。空襲だけでなく終戦直後に広島の惨状を間近で目にした。

戦場には行かずとも、心と体で実感した戦争の悲惨さを静かに語った。

◆

昭和4年6月2日生まれですので、昭和20年3月10日の頃は東京府立第五中学校（現在の小石川高等学校）の3年生でした。しかし学校での勉強は2年だけ。3年生の1年間は、板橋にある陸軍造兵廠への勤労奉仕でした。作業は一週間ごとに昼勤と夜勤とに代わり、空襲の日は昼勤でした。

空襲の前には警戒警報が鳴り、それから空襲警報に切り替わるというのが、だいたいのパターンでした。それが3月9日の晩は警戒警報がなく、突然に空襲警報のサイレンが鳴った。ということはレーダーが感知することが出来なかった。空襲警報が鳴り、あっという間にB29の大編隊が東京の空にやってきた。文京区にいましたけれども、現在の台東区、江東区、墨田区の周辺を中心に焼夷弾が落とされた。飛行高度からすると500メートルぐらいの高さ。だからB29は正確な動きをして焼夷弾を落としていった。

一つの焼夷弾は、長さが50センチぐらいで、6～7センチほどの筒状の6角形か8角形。それが爆弾の胴体の中に上下3段でくっついている。一つの爆弾に30本ぐらい。爆弾の尾翼のところにプロペラのような羽がついていて、それが風を受けると大きな筒自体が回転を始める。回転が早くなるに連れて遠心力によって焼夷弾が散らばって地表に落ちてくる（これは後から知ったことですけれども）。

焼夷弾が落ちてくると風を切る音がヒューとするのです。その音を聞くと恐くて防空壕に入っていられない。どこに落ちるかも分からない。墨田のあたりは、それこそ真昼のような明るさでした。夜が明けて、知り合いが気になり自転車で白山から本郷通りを過ぎて湯島までいくと、あの辺から焼けて何もない。上野の松坂屋のところまで行くと地面からの熱が凄い。乗っていた自転車のタイヤが熱でパンクしたものだから、松坂屋前から引き返して東大病院に上がる裏道を通って戻ろうと思った。自転車を押して通れる道はほとんどなく、倒れている人であふれ、生きているか死んでいるかどうかもわからなかったですね。

隅田川周辺の被害は特に大きかった。これも後から聞いたことですが、焼夷弾は確か油脂焼夷弾。米軍は日本家屋の構造をよく知っていて、爆発すると火の固まりになり家にくっつく。油性だから猛烈な火災が起こるわけです。その猛烈な熱による火の流れが逃げ道をふさいだ。それでみんな隅田川や水のあるところに飛び込んだ。水に浸ったけれども、熱いから顔を出せない。そこにまた別の人が飛び込んでくる……。隅田川で亡くなった人はたくさんいました。明治座から横網の震災記念堂。あの周辺はひどい状態でした。死者・行方不明者は10万人以上とも言われ桁違いの被災でした。

3月10日の後、4月13日、5月24日の2回大空襲が東京にありましたけれど、私は4月には東京を離れて海軍兵学校にいましたので体験してません。

別に軍人になる気はなくて、将来高等学校の試験を受けなければならなかったので、その準備と思って受けたら合格。そうすると入学を断れない。呉の江田島ではなく、九州の針尾島（現在の長崎ハウステンボス付近）に約4千人を集めて、将来の軍人を養成しようとした。そのため4月の大空襲も、私の生まれ育ったお寺（一行院）が焼け落ちた5月の大空襲も見てないのです。

針尾島では6月頃から艦載機の空襲がひどくなり、山口県防府市の陸軍兵舎に移動した。山全体を掘ったような防災施設を完備していた。そこで8月15日を迎え、天皇陛下の重要な放送があるという。小さなラジオでしたので天皇陛下のお声は聞こえませんでした。戦争が激しくなったので、もっと一所懸命頑張ってくれという激励の放送だろうと思った。

実際には日本が降伏したのだと聞かされた。そんなことがあるのか。そう思いましたね。それから兵学校の生徒は自宅待機ということで、8月17日、防府から石炭を運ぶ貨物車に乗った。真夏の日照りの中を無蓋貨車です。当時、原子爆弾という言葉はなかったけれど新型爆弾が広島に落ちたのは知っていた。岩国あたりから周囲の様子が変わってきて、青いはずの木の葉が黄色くなっている。広島に近づくに連れて樹木自体が焼けて存在しない。

これは凄い爆弾が落ちたのだというのが実感でした。

広島駅に長い時間停車し、辛うじて助かった人たちは包帯などはありませんから、切れ端を身体に巻いて駅にある蛇口から垂れてくる水を飲んでいる光景は、本当に地獄絵図のようでした。

そういう体験が重なって、戦争というのはあまりにも悲惨すぎて、だから2度と戦争は起こしてはならないという思いが強い。理由の如何を問わず。中東のシリアでは内戦があり、ウクライナでも争い起きようとしていますが、原子爆弾はおろか、あらゆる武器、兵器が使われないよう願うだけです。


やぎ・きしょう／昭和４年（１９２９）東京生まれ。昭和21年、東京医科歯科大学医学部予科に入校後、大正大学予科に編入学。昭和26年、大正大学文学部卒業。平成20年、大本山増上寺法主に就任。自坊は文京区千石の一行院。

10歳年上の兄は昭和19年、教育召集として3カ月後に戻るはずだったが、そのままフィリピンのコレヒドール島で玉砕した。米軍は、マニラ湾の入口にあるコレヒドール島に大要塞を建設。ひょうたん型をしたこの島の中央部に、マリンタトンネルという地下要塞をこしらえていたが、一時は日本軍がこの島全体を占領した。しかし昭和20年に米軍がマッカーサーの指令で、2月に大攻撃を仕掛けてきた。日本はそれに対して爆薬を仕掛けて対処したが、それが逆にトンネルの中にいた日本軍の爆風による破滅となり、東部62部隊（本部は神奈川・溝口）の全滅になる原因となった。その日が昭和20年2月24日で、八木法主の兄はこの日に戦死したと思われる。八木法主は、何度も現地に慰霊に訪れている。

終戦69年企画「私の戦争体験」２０１４年7月31日

学徒出陣で特攻を援護

三田村　鳳治
日蓮宗大本山妙顕寺貫首

※写真は学徒出陣時代

日蓮宗大本山妙顕寺（京都）と本山本土寺（千葉）の山主である三田村鳳治貫首は大正11年（１９２２）、神奈川県横須賀市生まれの92歳。戦時中は〝特攻〟も行った陸軍第百飛行団に所属し、多くの戦友とかけがえのない親友の死を目の当りにした。「生き残ってしまった罪悪感」から、これまで戦時中の話を表に出すことはなかった。今回、長い沈黙を破り貴重な体験を語ってくれた。

◆

昭和20年（1945）4月。三田村貫首は当時23歳。立正大学から学徒出陣で陸軍飛行第102戦隊に配属されていた。当時最新鋭の四式戦闘機（通称「疾風（はやて）」）が配備され、戦局を打開する最後の手段〝特攻〟を援護するのが主な任務だった。だが、戦況は米軍の沖縄上陸作戦前後から著しく悪化し、自隊内でも特攻志願者を募るようになっていったという。

4月6日、12日の両日。102戦隊から特攻に志願した先輩たちが宮崎県都城基地から出撃し、大きな戦果を挙げた。それは「陸軍と仲が悪い海軍の連合艦隊司令長官から感謝状がくるほどだった」が、それも長くは続かなかった。特攻機だけではなく、援護に出た学徒たちにも多くの犠牲が出た。三田村貫首は、出撃を控えた先輩たちと過ごした最後の晩のことは「今でも忘れられない」という。

その晩は「盃で日本酒が飲みたい」という早稲田大学の太田政義少尉の頼みで、盃を探して一緒に酒を酌み交わした。「やっぱり日本酒は盃で飲むと美味いな」と喜んでくれたのが嬉しかった。帰り際、不意に呼び止められ、少尉はただ一言、「三田村、俺はもう一回、かあちゃんに会いたいよ」とだけ呟いた。

「それが最後の言葉だった。最近『永遠のゼロ』を見たが、あれみたいに誰かに会いに行くなんてできない。実際とは大分違う。少尉には妻子がいて、妻子ある人が…こんな…。どれほど辛かったことか」

明治大学の野口裕文少尉とは「妹と一緒になってくれないか」と言われるほど仲が良かった。野口少尉も太田少尉と同日に特攻の援護で出撃し、奄美大島東方で散った。三田村貫首も同じ日に出撃する予定となっていた。

ところが、当日の早朝、原因不明の激痛が三田村貫首の両腕を襲った。軍医も訝(いぶか)しみ、仮病とも思われたが、とても操縦桿を握れる状態にはなかった。出撃に間に合わず、見送りも果たせなかった。「三田村！野口少尉が寂しそうな顔で出て（出撃して）いったぞ」という仲間の言葉が今でも耳に残って消えない。

「野口少尉は自分の代わりに逝った」。その罪悪感と自責の念が戦時中の話を語れなかった理由の一つだった。沖縄防衛戦で敗れた後、第１０２戦隊は成増飛行場（現在の練馬区光が丘周辺）で終戦を迎えた。一時帰宅した際、母親に言われた言葉に驚かされた。

「腕を怪我していないか」。聞けば、信仰に篤かった母親は毎朝必ず武運長久を祈り続け、ある朝突然、両腕が痛み出したのだという。それはあの出撃の日の朝であった。

三田村貫首の出撃回数は1回。戦闘目的の任務ではなかった。何度も沖縄へ出撃する機会はあったが、「当時の飛行機は有視界飛行で、天候が悪ければ飛べなかった」。なぜか出撃の度に天候が崩れ、九死に一生を得た。

しかし、敵は否応なく攻めてくる。4月29日。基地のあった宮崎県都城を米軍のグラマン戦闘機とB29が襲った。その空襲で親友の凄惨な死を目の当りにした。福島和彦軍曹は、同い年で特に気の合う一番の親友だった。「戦争で青春時代などなかっただろうと言われるが、私にとってはあの頃が青春だった。〝俺たちは純潔で死のうな〟とよく語り明かした」

空襲で一緒に隠れていた福島軍曹が、機銃掃射が止むのを待ち、反対側まで移動しようとした瞬間、爆音と共に頭に砂利やガレキが降ってきた。目を開けると、福島軍曹の姿はどこにもなかった。

「足の速い福島のことだ。向こうまで辿り着いたはずだ」と福島軍曹を探した。しかし、目にしたのは、親友の無残な姿だった。その時「俺も死ぬ」。そう覚悟したという。その口調には覚悟というよりはむしろ、どこか〝誓い〟にも似た響きがあった。

第8次総攻撃当日。出撃の準備に駆け出すと、上官が「おい三田村、どこへ行くつもりだ」と問い質した。「最後の総攻撃です。私も出ます」。上官は諭すように「お前な、死ぬのはいつでもできる。若い者はこれからの日本のことを考えろ!」と引き留めた。上官も譲らず、その内に出撃は終わってしまった。

「ついに死にぞこなったと思った。たしかに死ぬのは怖かった。でも、なぜ一緒に死ねなかったのか。そればかり考えた。その罪悪感がずっと消えなかった。でも今は、90歳を過ぎて、生かされているという感謝の気持ちがある」

今日本は戦後の大きな転換点に来ていると三田村貫首は感じている。「戦争は勝っても負けても絶対にしてはいけない。今の時代、政治を見ていても、とてもきな臭い匂いがする。戦前とよく似ているよ。本当に心配だ」

「今だからこそ、自分たちの体験を伝えなくてはいけない。それが戦友たちへの供養になると思った。そして皆も、あの世でそれを望んでいる気がしているんだ—」

終戦69年企画「私の戦争体験」　２０１４年7月31日

大刀洗飛行場の空襲と特攻

佐々木壽彦
浄土宗法泉寺前住職
（福岡県朝倉市）

福岡県朝倉市と大刀洗（たちあらい）町。この一帯は戦時中、「軍都」と呼ばれた街だった。西日本における陸軍の航空拠点であった大刀洗飛行場からは、数多くの戦闘機が飛び立っていった。戦時体制で寺院も戦争に協力。「ここいらのお寺はみな、女子挺身隊並びに応徴士の寮になっていました」。そう語るのは朝倉市甘木・浄土宗法泉寺の佐々木壽彦前住職（79）だ。佐々木さんも少年時代、軍需工場で働く若き女性たちの姿を見つめていた。

◆女子挺身隊は昭和18年（1943）政府が決定した「国内必勝勤労対策」により、14歳から24歳の未婚未就職女性が勤労動員されたもの。近郊はもとより、門司や筑豊など遠方からも甘木に動員され、軍需工場に派遣された。

「男の応徴士さんは歌や芝居をやってくれたりと楽しませてくれました。また、挺身隊の女性が駆け落ちをしたような出来事もありました。綺麗な人も多かった」と、意外なまでに人間味のある光景を佐々木さんは記憶していた。「食べ物も、寮だったためかそれほど困った記憶はありません。戦後の方がよほど苦しかった」。とはいえ「昔のカボチャなんて美味しくないし、嫌でしたね。しかいきょうだい6人が助かったのもカボチャのおかげです」とも。

小学生の佐々木氏も勤労奉仕で勉強どころではない日々。そんな甘木を地獄にしたのは昭和20年3月27日と31日の2度にわたる大刀洗空襲だった。米軍のB29が二度の空襲で併せて150機以上も襲来し、飛行場や線路などを爆撃。犠牲者数は明確ではないものの、軍人・民間人を合わせて一説には千人以上が命を落としたという。

炎と爆風が激しく街を包む中「私は防空壕に逃げて窒息するのが嫌で仕方がなかったから、丘の方に逃げました」と佐々木さんは振り返る。だが「私の学校ではありませんでしたが、立石国民学校ではその日終業式でした。その最中に空襲警報が鳴り、子どもたちは先生たちと『屯田の森』というところに避難したんです。すると爆弾が投下されて、あっという間に森は真っ赤に燃えて」24人が一瞬にして爆死、後に7人も病院で息を引き取るという惨事になった。

「学校は違っても同じ小学生でしたからね。ショックでしたよ。生きていれば彼らも檀家になってお付き合いもあったでしょうに」と声を詰まらせる。その後も空襲は続き、6月には福岡大空襲、終戦4日前には久留米空襲もあった。そんな状況下で日本が勝つか負けるかということは「当時は小学5年生でしたから、それはわかりませんでした」と率直に語る。ただ今から考えれば「あまりにもアメリカの様子を知らなかった。生産力が違えば勝てるはずがありません」。法泉寺には今でも、空襲犠牲者の遺体を受け入れた時の血痕が残る畳の板が黒く色づいて保管されている。

大刀洗飛行場は特攻の基地でもあった。昭和19年4月、約3千人の特攻幹部候補生が入隊し、鹿児島県の知覧へ移って特攻に向かった。翌年5月にはとうとう大刀洗も出撃地になった。ある特攻機は空襲に来た2機のB29を撃墜、3機目に体当たりをして散った。この遺体も法泉寺に運ばれ、兵隊たちに見守られながら懇ろに弔われた。特攻隊員の印象は「物をくれたりした記憶があります」と、優しい表情が残っている。彼らの遺書と遺影は今、筑前町の大刀洗平和記念館に残されている。

法泉寺において特筆すべきことがある。檀家が陸軍に三式戦闘機「飛燕」を献納したことだ。今でも本堂に掲げられる命名状にはこうある。「命名　茲ニ愛國ノ熱誠ヲ以テ板部忠三郎氏ヨリ献納セラレタル新戰鬪機ヲ愛國第七千百六十九（淨土宗法泉寺板部）ト命名ス　昭和二十年三月　陸軍大臣杉山元」

戦争中、浄土宗や日本基督教団など様々な教団が軍用機を献納しているが「一寺院が行ったというのは唯一うちだけではないでしょうか」と佐々木さんは語る。金額としては当時の10万円（現在の2千万円ほど）。「私の父（住職）と板部さんとで陸軍に行って献納したのです。その時は馬鹿なこととは思わず、日本が負けては仕方がないという思いでやったのではないですか」。メッサーシュミットのエンジンを用いて最新の技術を駆使した戦闘機だった。

戦前、大刀洗飛行場の辺りは、多くの商店街が立ち並ぶ賑わいだった。佐々木さんも「空襲さえなければ、今でも甘木の辺りはもっと栄えていたと思いますよ」と漏らす。

戦後、佐々木さんは住職になり、檀家を大きく増やすなどお寺の隆昌に尽力した。その一方で、飛行第98戦隊、大刀洗飛行学校甘木生徒隊の慰霊も続けてきた。観音堂に安置された戦没者の位牌に向かい、「南無阿弥陀仏」と手を合わす日々が続いている。

終戦69年企画「私の戦争体験」２０１４年7月31日

空襲と食糧欠乏の中で長女出産

小野　妙恭
真言宗豊山派大本山護国寺
図書室主事

真言宗豊山派大本山護国寺（東京都文京区）で図書室主事を務める小野妙恭さん（90・神奈川県横須賀市在住）は、軍人の娘として日本国内はもとより満州でも暮らした経験を持つ。戦中は東京で戦火を耐え抜いた。食糧の欠乏と空襲の恐怖の中、どう生きたのか。

小野さんはゆっくりと語り始めた。

◆

私は軍人の娘で、大正12年（1923）12月20日、東京の市ケ谷に生まれました。父の名は三浦三郎。父は東条（英機）さん（太平洋戦争開戦時の首相）の次の関東軍の憲兵司令官で、終戦時には北支（中国北部）の山西省・太原の第14師団長でした。山西省の閻錫山という大将が、父と士官学校の同期でした。だから父は、本当は中国と戦いたくなかったと思います。父は個人的にも国や民族の違いを尊重していましたから。

私たち家族も、父が奉天の憲兵隊長だった時に満州に渡りました。当時、私は小学校6年生で、中国人の生徒とも仲良くなりました。奉天で1年ほど暮らし、父の広島転任に伴い帰国しました。父は大阪の憲兵隊長などを経て、東京・中野の憲兵学校の校長になった後、再び中国に赴任しました。

私は昭和18年に20歳で結婚しました。戦争が激しくなり、ご飯粒もない頃でした。式は軍人会館（東京都千代田区、現・九段会館）で挙げたのですが、「お料理は出すけれどもお米はありません」と。料理といっても味をつけない里芋が主食です。でも食べられるだけまだ良かった。立憲政友会総裁の久原房之助さんが、北京駐在の父に代わって出席してくれ、真っ白い一口大のかわいらしいおにぎりを5つばかり持ってきてくださった。忘れられませんねぇ。まるでダイヤモンドみたいでしたよ。
結婚して東京・目黒区の祐天寺で暮らしていましたが、度々空襲がありました。家の近くの東横線の踏み切りに焼夷弾が落ちて、花火みたいにパァーと明るくなって。今度は自分の頭の上だと思うと、本当に恐ろしかった。逃げる時はいつも着た切り雀で、赤ん坊とおむつを背負っていました。あちらこちらに防空壕を掘ったけれども、その穴蔵で焼け死んだ人もいた。駅前の牛乳屋の奥さんがリヤカーを引いて逃げていた時に、焼夷弾が背中を直撃しました。空襲は防ぎようがないんですよ。ご近所と「明日は命があるかね」って話していました。

横浜の菊名や東京の清瀬まで着物と食べ物を交換しに行きました。嫁入り道具の着物も全部お腹の中に入ってしまいましたね。ひもじかったですよ。食糧事情はどんどん悪くなり、大根1本の配給があっても近所6～7軒で分けろと。卵を買うのにも、医者の診断書と区役所の証明書が必要でした。滋養のある卵は一家全員で分けるので、肝心の病人はあんまり食べられませんでしたけれど。

私は3人の子どもを産みましたが、長女が生まれたのが昭和20年3月18日。中目黒の病院でお産の最中に「今、敵機が南方洋上に…帝都に侵入しつつあり…」ってラジオニュースが流れて。病院だって空襲されますからね。でも病院で産めただけ良い方でした。

8月15日の玉音放送は、家で義母とラジオの前に座って聞きました。「えっ、戦争は終わったの?」って。「もう爆弾は降ってこないんだ…」。安堵の思いだけでした。

食べていくだけで精一杯な時分でした。今はねぇ、何だっていっぱいあるでしょう。バチが当たりそうなくらい。私は食べ残す時はもったいないって思いながら、土に埋めて肥やしにしたり、お空の鳥さんに上げたりしてるんです。きれいに食べてくれますよ。

主人は丸の内の三菱商事に勤めていましたが、横須賀の海軍に第二国民兵として召集されました。その頃は何でも軍事機密。主人からの手紙も検閲が入るので、「元気か?こちらは元気だ」、それだけ。主人は戦争が終わる少し前に、帰って来ることができました。

主人はすぐに職場に復帰しましたが、社命で「新型爆弾が投下された広島の支店の状況を見てきてくれ」と言われ、原爆投下後間もない8月10日に広島に向かいました。1週間ほど滞在して戻りましたが、あまりの惨状にびっくりしながら歩き回ったと話していました。

それから5~6年後、急に足の不調を訴えるようになった。昭和40年代に入ると布団で寝られず、ソファーに帯で体を固定しないと眠れなくなった。やがて足が立たなくなり大病院に検査入院しましたが、原因はわからなかった。虎ノ門病院でレントゲンを撮り、「脊髄が2カ所潰れています。原爆に遭いましたか」と聞かれました。

主人の病名は多発性骨髄種。骨のがんです。この時は原爆が原因か、決め手がありませんでした。当時は残留放射能の恐ろしさがわかっていませんでしたから。主人は寝たきりとなり、全身の骨が溶ける状態で昭和48年に亡くなりました。病理解剖の結果、「全身骨折、特に頭蓋骨に卵形の穴が3カ所も空いていた」。主治医は「がんではこうなりません」と断言され、原爆投下直後の広島出張が原因だと判明しました。

主人は我慢強くてね。でも8年間に及んだ入院生活は、どんなに辛かったことでしょう。私もベッドの横にソファーを置いて病室に泊まり込み、体を拭いてあげたりしてね。主人は「お母さんがいてくれたからよかった」って感謝してくれました。病室の中の二人が「夫婦の会話」でしたね。

子どもたちが嫁ぎ、10年経った昭和59年、主人の菩提を弔いたいと思い、出家を決意しました。小野家の菩提寺である護国寺にご縁を賜り、今日に至っています。

終戦69年企画「私の戦争体験」　２０１４年7月31日

今も昔も教育が人間を左右

阿部　惠海
曹洞宗教誨師連合会副会長
貴盛院住職
（山梨県中央市）

今年4月、曹洞宗宗務庁で曹洞宗教誨師連合会結成50周年記念大会が開かれ、記念講演をダライラマ法王が行った。その隣にピタリと寄り添っていたのが阿部惠海副会長（山梨・貴盛院）であった。法王からいなさいといわれ、「侍者に徹しようと思い、お仕えしないと振り返る。

ました」とその時の思いを語った。90歳の老僧は79歳の法王に仕えた体験を生涯忘れられないと振り返る。

◆

大正13年（1924）6月30日生まれ。満90歳を迎えた阿部氏は、矍鑠とした容姿にはっきりした口調。「丈夫な身体にしてくれた両親に感謝です」との言葉が口をつく。甲府駅から身延線で8駅先の東花輪駅から徒歩10分弱の地に貴盛院（現・中央市東花輪）がある。

阿部氏の父（惠昭師）は新潟出身。大本山總持寺の命を受けて貴盛院に入った。だがお寺だけでは維持できず両親は田畑を耕し、庫裏では蚕を飼った。「私も興味を覚えたので、学校から帰ってくると桑取りをしたりしました。母がやっているのをみながら。このお蚕さんが桑の葉を食べる音、何とも言えない静かさでね。お蚕さんは働いてくれるので（庫裏の）お座敷で飼育していました。私たちは隅っこで寝ていました」

ある時期、貴盛院境内に湧く水を父の寺の本尊に供えるため、リヤカーで運ぶのが少年の日課だった。「道はガタガタだから、バケツの水はとにかくこぼれる。ある日、こっそり近くの家の水を瓶（カメ）に移した。父が一杯いただくと『今日はどこから持ってきた。少なくてもいいからもう一度持ってこい』と叱られ、片道4キロを運びました。この時ごまかしはいけないことを痛いほど知ることが出来ました」

昭和13年（1938）、旧制韮崎中学に進学。昭和6年9月の満州事変を皮切りに日本は戦時色が強まっていく。昭和16年12月、太平洋戦争に突入。授業の中に軍事教練があった。「配属将校の指令によって、一学年を中隊にみたて、校庭で訓練。顧みるということはありませんでした。男子の本懐、これにすぐるはなしという思いですよ」

中学5年の時に査閲が行われた。甲府第49連隊から派遣された将校（査閲官）が成果を視察するのだ。「当時参加した中学は、身延中学、都留中学、日川中学、甲府中学、甲府商業、農林学校、韮崎中学の7校。その学生たちが東西に別れて、わーとやるわけです」「査閲官から『概ね良好』という評価が下ると、その中学校卒業生が入隊するとすぐに幹部候補生。同時に校長は、高く評価されました」

戦後、阿部氏は教育畑を歩んだ。教育者でもあるゆえ、「教育というのはいかに人生を左右するか。死は鴻毛より軽しと教えられ、それをおかしいとも思わなかった。良いとか、悪いとか、そういう範疇を超えてました。戦争体験で言えるのはそれだけです」と語る。

教員養成の山梨師範学校（山梨大学の前身）に進学し「勉強できたのは1年生の時だけ。2年では東京・国分寺にある南部工場に動員され、機関砲の部品を造っていました」。文科系・教員養成学校関係の徴兵延期は廃止され、学徒出陣として工場から海軍予備学生、特別幹部候補生として出陣、教育中に終戦となり復学、間もなく繰り上げ卒業となり、小学校の教員（訓導）として教壇に立った。

昭和22年2月1日、全官公労の「2・1ゼネスト」が計画されたが、マッカーサー元帥の指令で中止。その後の追及を察知した学校長や教頭などは姿を消した。地元村長からどこに行ったかを問い質されたが、阿部氏は知りませんと答えた。一連の経緯に嫌気がさし、辞表を提出した。

寺に戻り、師匠に報告すると、これからどうすると問うた。「勉強したい」と答え、同年春から駒澤大学に進んだ。住む場所を見つけるのに苦労したが、幸い、大学の仲介で田端にある材木店に世話になった。「カネがないから先生の話はしっかり聞かなければならんと思い、欠かさず通いました。講義は一番前の席です。教授は出席をとるのが常でした。楽しい学生生活でした」

印象に残るのが衛藤即応教授（宗学）の講義。「初日は教室が満席。それがだんだん難しくなると空席が出来て、最後は10人ぐらい。当時は鉄筋コンクリートで暖房がなく冬場はとても寒い。衛藤先生はぜん息をお持ちでしたので、『先生、コートを着て講義して下さいと』と申し上げたこともあります」

卒業時に衛藤教授は阿部氏に短い言葉をしたためた書を贈った。阿部氏はそれを額に入れて飾った。「暦日は短促なりといえども、学道は幽遠なり」（一日一日は短いけれども、学問の道は奥が深いものである）。ほかにも宇井伯寿、金沢庄三郎（国語学者）、岡田宜法、宮本正尊、川田熊太郎（哲学・比較思想）、立花俊道、榑林皓堂、山田霊林、石附賢道、澤木興道といった「すばらしい教授陣」に恵まれたことに感謝する。

總持寺祖院安居を経て帰郷し、教員生活を送った。60歳で県立高校校長を定年退職し、今度は教誨師の道を歩み始めた。旧監獄法が新法に移行し、受刑者への教育にも力をいれることになった。教育と教誨（宗教）両面に通じている阿部氏は、甲府刑務所で補習教科指導も担当。「感想や発言を聞くと、一人ひとりみんな本当にいい人なんですけれどね…残念だなあと…」。状況は違えど、昔も今もやはり教育が人間を左右するのだと実感している。

終戦69年企画「私の戦争体験」　２０１４年８月７日

昭和20年1月、輜重隊に入隊

福家　英明
天台寺門宗管長
総本山園城寺長吏

天台寺門宗総本山園城寺の福家英明長吏（管長・89）。昭和20年の終戦時は二十歳だった。ちょうどこの年、徴兵され、軍隊に入隊。終戦までの軍隊での訓練の体験などを話した。以下、福家長吏の語り。

◆戦争体験と言いましても、私は終戦の年の昭和20年、兵隊に行った者です。当時龍谷大学1回生であったのですが、昔は二十歳になると徴兵検査を受けて合格すれば入隊しましたから、学徒出陣ではなく徴兵による現役入隊です。

昭和20年1月5日、京都の中部43部隊に入隊しました。部隊は輜重隊、要するに輸送隊です。自動車隊と馬場隊と二つありまして、始めは自動車隊の方だったのですが、幹部候補生がいないからと馬場隊の方へ引っ張られました。

出征の時は、昔のことですから町内の方がみな来られて見送ってもらいました。その時は何の疑いもなく「天皇陛下のためにしっかり頑張ってまいります」と言って出ていったわけです。

私の父（守明）も日露戦争へ行っています。父は香川県の出身で乃木大将の第三軍で旅順攻撃に参加し、その戦いで負傷もしました。その父が部隊の前まで送ってくれました。

今だから思うのですが、その時の父の気持ちはどうだったのかなと思います。自分も兵隊に行って負傷し、兄貴（俊明前長吏）も兵隊に行っていますし、私も兵隊に連れていかれる。「お父ちゃん、もういいから、ハヨ帰って」と言ったのですが、墨染（伏見区）にあった部隊へ私が入るまで後ろでじっと見ていてくれました。

入隊しまして3カ月間訓練を受けます。3カ月が済むと成果はどうであったかと検閲が行われ、それが済むと一人前となる。

幹部候補生の試験を受けて、幹部候補生は甲幹、乙幹とあるのですが、試験を受けて一次に通ったら、二次試験があって、その成績で甲と乙に分かれる。甲幹になった者は将校、乙幹になった者は下士官になる。私は甲幹になりまして、予備士官学校に行くまでに終戦になりました。

入隊中のことですが、3月14日でしたか、大阪大空襲の時、空襲警報が鳴って部隊の外へ出てみたら、京都の西の方の空が真っ赤だったのを覚えています。

部隊での訓練は、竹の棒があって、その先に爆弾を付け、走ってくる戦車に向かってそれを持ってバーンと突っ込む、というものでした。訓練では爆弾は付けないですが、なぐられても怒られても、やっぱり怖かったですね。実際に爆弾を付けてやれば爆発でこちらも死んでしまう攻撃です。輜重隊でしたが、そんな訓練をやらされました。

それから朝、起床ラッパが鳴るとパッと起きて自分の毛布をきちっと畳んで棚に載せる。きちっとしていたのですが、点呼で外へ行って帰って来ると、せっかく畳んだ毛布がそこら中に散らばっている。それはいじめなのか、もっと訓練させるためにやっていたのか分かりませんが、そんなこともありました。古い兵隊にも絞られました。こいつは幹部候補生で将校になりうる。軍隊では将校が来ると兵隊は捧げ銃をして迎えます。つまり、こいつは将校になるから今のうちにド突いたろかということなんです。そういう気持ちがあるんですね。

一人悪いことをすれば連帯責任で殴られもしました。それも硬い革の靴でド突く。辛いから、それでよく脱走する者がいました。脱走しても家に帰りますから家に捕まえにきます。帰ってくると営倉に入れられ、しばらくすると、その後また訓練をさせられる。

終戦時のことですが、終戦になると将校がおらんのです。将校は私ら幹部候補生に「お前ら幹部候補生がしっかりやれ」と言って帰る。それで私は進駐軍が来るから移れと言われて伏見の小学校へ移りました。食料などは、晩になると自動車で来て部隊の物を全部みんな持って帰った。お前らにもちょっとはやるわと、お米の一升、二升は配ってくれましたが。

戦争で大学、中学の同級生もたくさん死んでいます。私の従弟も死にました。年は一つ上ですが、海軍機関学校を出て休暇になって帰って来た時「こんな所へきたらあかんぞ」と言うような人でした。機関学校は職業軍人ですから訓練が辛かったのでしょう。航空母艦に乗っていて魚雷で攻撃され、船と一緒に沈んだのです。その死んだ従弟の兄の方は中学校4年生位から予備練習生で行って、飛行機に乗っていた。その人は真珠湾攻撃に参加しています。その兄は死なずに終戦を迎えたのです。

終戦69年企画「私の戦争体験」　２０１４年８月７日

戦争で安全な場所なし

内田　昌孝さん
元立正佼成会理事長

昭和20年、激戦が伝えられるフィリピン行きを予備士官学校の生徒たちは志願した。立正佼成会元理事長の内田昌孝さん（90）もその中にいた。「戦争の仕方も知らないで、余計なことは考えるな」と制したのが、インパール作戦を指揮した校長の牟田口廉也中将だった。青年将校は、銃後の守りのため福島の海岸沿いで終戦を迎えた。

◆大正13年（1924）に内田さんは現在の長野市で生まれた。7人きょうだいだが、残ったのは4人だけ。4歳の時に母親が死去し、父は2人の連れ子を持つ女性を後妻に迎えた。「複雑な家庭環境の中で育てられました」と静かに回想する。

小学校2年の時に5・15事件が起きたが、それほど印象は残らなかった。4年後の2・26事件は「新聞を読んで不安を感じた」。一方で「陸軍の兵隊がやったことだから間違いないだろう、という思いもあった」。昭和12年（1937）7月7日に盧溝橋事件が勃発し、日本と中国の戦争が拡大。この頃から自由な空気がなくなってきたという。

昭和17年、旧制長野中学を卒業し、目標の東京外国語学校（現東京外国語大学）を受験するも不合格。浪人を覚悟した。すると知人から小学校の代用教員を持ちかけられた。山の中にある国民小学校の2年生を担当。バスが少ないため山坂を何度も歩いた。師範学校出の同僚と下宿したが、同僚が毎夜遅くまで勉強する姿に打たれ、内田さんも猛勉強。気が付くと鶏が鳴いていたこともあった。「この方の無言の教えがあったから、今の自分があると思っています」と感謝を忘れない。

昭和18年、再び東京外国語学校を受験。合格。「入学した一年間は、タップリ勉強できた。２年生になると江東区の海軍の軍需工場で錨を作っていました」。そのうえ20歳になると徴兵検査が待っている。近眼のため第一乙種合格。即座に連隊に連れて行かれた。「金平糖一つで、３カ月間メチャクチャ叩かれながら訓練するわけです」。金平糖は星一つの二等兵を意味する。

特別幹部候補生制度の試験に合格し、昭和19年10月、仙台にある陸軍予備士官学校に入校。教育期間は８カ月間。学科や演習などがあったが、「一番嫌だったのは、日誌を書いて上官に提出すること。だんだん書くものがなくなってきてね。でも何を書くかはみんな知っている。とにかく『尽忠報国』、いのちを捨てて国民のために尽くすという一文が入っていればいい。明けても暮れてもそれしか書くことがないというのは、苦痛ですよ」と意外な苦しみを打ち明けた。

レイテ島奪還作戦の頃、生徒たちはフィリピン行きを志願した。牟田口校長から「お前たち、戦争の仕方も知らないで、余計なことは考えるな。それよりもいかに戦争したら勝てるかを考えることが大切だ」「いまフィリピンに行ったところで無駄死にだ」と怒られた。無謀とされるインパール作戦で多くの兵士を犠牲にさせた牟田口中将が諌めるというのは、歴史の皮肉だろうか。

昭和20年６月８日に予備士官学校を卒業し、福島市の師団本部、宮城県亘理の連隊司令部、福島県の中隊本部を転々とした。6月中旬、宮城県王城寺原の陸軍演習場への派遣を命じられた。「対戦車の訓練を受けるようにと。棒地雷といって、長い棒に爆弾をつけて、戦車の下に突入するんです。自爆攻撃です」。訓練は2日間。内田さんは忘れられない光景に出会った。「トロッコを5、6台並べたような小さな列車で木炭で走る。北仙台駅のあたりでたくさんのゲンジボタルが飛んでいて、列車の中に飛び込んでくる。それだけのろいということですよ。厳しい軍隊生活でしたが、ホタルが輝いたあの一瞬だけは別世界にいた気分になりました。美しい世界でした」

訓練を終えて常磐線の新地駅（福島県）に降りた。3年前の津波で駅舎が流失したところである。新地の小学校に司令部があった。「福島沿岸は米軍の上陸に備えて、山に穴を掘って守っていたのです」。内田さんは「戦争になると、戦地も銃後もない。10万人が亡くなった東京大空襲、広島、長崎の原爆。すべて戦場なんです。安全な場所はないのです。だから戦争は絶対起こしてはならないのです」と力を込める。

終戦をその新地で迎えた。「玉音放送はよく聞き取れませんでしたが、戦争が終わったと。それまでの緊張感が一気にほぐれて、はー、これで終わったかとホッとしましたね」と昨日のことのように語る。9月24日に部隊解散で養父母のいる都内の家に戻るが、空襲で跡形もなかった。幸い、二人とも無事だった。

数カ月後、大学復帰するも見なし卒業で昭和21年3月に卒業。その後、夜間部のある明治大学商学部に通いながら会社に勤務。昭和24年に養父母が立正佼成会に導かれた。養父母の熱心な勧めもあったが、支部長から「もっと人生の一番大切な大学で修行しなさい」と指導された。昭和28年のことである。「一年間の約束で、佼成会に勤めたのが、今日になりました」と目を細めた。

終戦69年企画「私の戦争体験」　２０１４年8月21日

捕虜生活時に芝居作りも

酒井　日慈
日蓮宗大本山池上本門寺貫首

復員して目にした東京・池上本門寺は灰燼に帰していた。「泣いたね」。日蓮宗大本山池上本門寺の酒井日慈貫首（95）はそう口にした。大学を繰り上げ卒業後、派遣されたのは中国（中支）だった。収容所（捕虜）生活での意外な体験などを江戸っ子らしい口ぶりで酒井さんは語った。

◆

大正8年（1919）年、東京・浅草で生まれ、幼い頃に池上本門寺近くの実相寺に引っ越した。日米開戦の昭和16年（1941）12月8日は大学生だった。「勝った勝ったという高揚感はありました。でもいずれは自分たちも戦争にかり出されるだろうと」。1年後の昭和17年12月、法政大学を繰り上げ卒業。同級生は間もなく召集で南方へ送られた。ほぼ全員が戦死した。

酒井さんにも召集令状が届き、近衛第101連隊第一機関銃中隊に配属された。派遣先は中国だった。「戦争体験といってもアメリカ相手に戦ったというわけでない。アメリカが相手だったらとっくに死んでいただろう」

中国では「ほとんど南京城にいた」。意外なことに城内は治安が良かったという。しかし城外は戦場で、討伐の命令が下ると、戦闘に向かった。主な相手は蔣介石軍だが、毛沢東の共産軍とも砲火を交えた。

大隊砲（大隊歩兵砲）の分隊長で、大砲1門に15人と大砲を曳く馬がいる。ある時、敵弾で右足ふくらはぎを負傷した。「向こう側は馬を狙って撃ってくる。馬の側にいるから、弾が飛んでくる率が高い。少しかすっただけなんだけれど、反動でクルッと身体が回ったらしいんだよね。自分はそう思ってない。後ろにいたやつはやられたと思ったらしいんだ。後で考えると、かすっただけであれだけの威力があるんだなと」

全体的に見れば戦況は悪化していったが、中国にいたため実感は薄かった。「日本からの情報は入ってきているだろうけど、われわれのような末端にはなかなか来ない」。日本は勝っているという感じだったのか、と聞くと「勝っているだろう、というよりは、負けていないという意識はあった」と語る。そのため、敗戦は確かにショックではあったが、「内地で空襲を体験したり、アメリカと戦った人たちからすると、それほどのショックは受けなかった」

敗戦で武装解除され収容所（捕虜）生活となった。蒋介石の政策で強制労働などはなく、若者のエネルギー発散のため野球や運動会などが行われた。ある日、連隊長に呼ばれてこう告げられた。「とにかく兵隊たちは気持ち、情緒の面で飢えている。お前すまないが、芝居をやってくれないか」。酒井さんは驚いた。「どうして連隊長が自分が劇団（築地小劇場）にいたことを知っているのだろう」

所属中隊の誰かが「うちに一人、劇団で生活していたやつがいますよ」と話したらしい。「芝居を作ってくれと言われて。じつは待ってましたというようなもんでね」

酒井さんはさっそく取りかかった。「やりましょうと言ったところで、何もない。台本から書きあげて、芝居をやりたいやつはと募集すると、芝居好きがオレもオレもと集まってくる。演出をしたり、教えたり。小屋を作るにも大工がいてエライ舞台を拵えた。一回に見るのが３千人だからね。３千人の観客。オレとしては、あんな楽しいことはなかった」

時代劇や現代劇を創作し、隣接する女子寮から着物を使って下さいと提供された。大工に限らず仕立屋や裁縫のプロも揃っていたため、セットや衣装、カツラとなんでも作った。連隊は、手に職を持つ人たちの集まりだった。

「芝居に音楽を入れようと思い、誰かいないかと声をかけたら、我々の中隊にはいなかったけれども、一人優秀なやつがいます、というわけだ。その時は判らなかったけれども帰国してから、有名なピアニストになった。当時は22、３歳ぐらいの貴公子。伊達純（後に東京芸大教授）。彼が弾くと古いオルガンもいい音を出すんだよ」

もともと演劇青年である酒井さんは水を得た魚のように活躍した。帰国が迫った頃、再び連隊長に呼ばれた。「酒井のおかげでどれだけ癒されたかわからない。何もしてやれないが、今してあげられるのはこれだけだと、襟章（大佐）を外して、俺の気持ちを受けてくれと寄こすんだよね。今の人には判らないだろうが、これは本当に凄いことなんだ」

昭和20年12月末に復員。「たまたま育った実相寺は残ったけれど、本門寺は五重塔と総門、経蔵ぐらいが残って、あとは丸焼け。荒れ果てて…、本当に泣いたね」。そこから先輩僧侶らと共に復興に尽力した。昭和39年に念願の大堂が再建され、昭和56年に本院が完成し、ようやく伽藍が復興した。

「戦争は、殺されたり、焼かれたり。それがいいと考える人はまずいないと思う。それに戦争になると個性豊かな才能が失われる。だから2度と繰り返したくないね、戦争は。我々の年代は特にそう思う」と訴える。

終戦69年企画「私の戦争体験」 2014年8月28日

満州の学生時代、ソ連が進攻

清水 博雅
真言宗智山派眞照寺住職
日野わかくさ幼稚園園長
(東京都日野市)

ソ連の戦車を倒すための「特攻」要員として、満州の土に爆弾を抱えて埋まった。その時、母のことばかり考えていた。東京都日野市・真言宗智山派眞照寺の清水博雅住職(88)は、九死に一生を得た満州での経験を「あまりこれまで話したことはないけど」と言いながらも克明に語った。

◆

清水さんは大正15年（1926）2月2日、眞照寺で生まれた。少年時代から利発で、東京府立第2中学（現・立川高校）に入学、昭和18年には満州国立新京畜産獣医大学に合格。もちろん超難関で、全校あげての盛り上がりになった。折しも太平洋戦争が佳境にある時だった。

「なぜ満州の大学かというと、当時この辺りは七生村という村だったのですが、その村長さんが当寺の檀家総代で、さらに満州開拓に非常に熱意を燃やしていた方だったのです。『第二の七生を満州に作ろう！』なんてね。それに、中学の先輩で寺の役員の兄弟が満州国の開拓総局長をやっていた。そういったことが背景にあったわけです」

周囲はほめそやしたが、ただ母親だけは泣いた。「一人息子でしたから、住職として生きていってほしかったんでしょうね。満州なんかに行くな、と泣くんですよ。でも、当時としては、行かざるを得ない雰囲気だった」。昭和19年3月、級友や近所の人の「万歳！」の声の中、下関まで汽車で向かった。その時の心情は「窓から景色を眺めて、オイオイと泣いていた、ずっと…でも、大船を通り過ぎた時、観音さまが見えたんです。それでふっと心が落ち着きました」と話す。

下関、釜山から安東を経て新京に到着。大学生活は、満州国が理想として掲げていた「五族協和」の世界で、中国・蒙古・朝鮮・日本の青年が暮らす寮生活だった。

20歳（数え年）になった昭和20年1月、徴兵検査があり、清水さんは甲種合格。ただし、当時理系の学生は徴兵が猶予されていたので、勉学を続けることができた。同年4月から7月まで、学生たちは勤労奉仕として内蒙古の家畜実態調査を行う。蒙古人のテント（ゲル）に寝泊まりし、ラクダや蒙古馬にも乗ったりした。「貴重な体験もできました。ラマ寺に宿泊し、赤や緑の砂曼荼羅の法要を間近で見ることができたんです。当時はお坊さんになる気はなかったけど、今だったらもっと詳しく見ておくんですが」

8月上旬、1週間の休暇をもらえた清水さんら学生は、8日の夜行列車で哈爾濱（ハルピン）へ小旅行に出かける。ところが下車すると駅は厳戒態勢で、どうしたのかと軍人に尋ねると「貴様知らんのか、今朝ソ連が攻めてきたんだ」と言われた。不可侵条約を破ることはまったく予想しなかったことだという。「ただ、学校では『ソ連が攻めてきたら君たちは特攻だ』とは言われていました。だからすぐに新京へ帰った」

新京に戻って驚いたのは関東軍も大学の教授陣もみな去っていたことだった。ただ一人の将校が残っていて、「特攻だ」と言った。学生たちは「人間地雷」を命じられた。

人間地雷―それは地面に穴を掘り、その中で爆弾を抱え、ソ連の戦車が通った時に爆発させるという特攻だった。「タコツボ作戦ですよ。それで、穴の中から外を見て、戦車が来るのを待っていると、ああおふくろに会いてえなって、満州に行くなって言った気持ちがよくわかって…。申し訳ないけど天皇陛下のことは考えなかった。母親のことしか考えられなかった」

もし終戦が一週間遅れていたら死んでいたと振り返る。15日にはみんなが泣いた。それ以後の生活が問題だった。8月23日からソ連の占領が始まる。授業もなくなり、清水さんは団子の行商や薬売りで生活するようになる。ソ連兵から銃口を突きつけられて「お前は学生だと言っているが、実は軍人だろう！」と恫喝され、シベリアに送られそうになったこともある。「その時に助けてくれたのが大学で一緒に勉強していて、国民軍に入っていた中国人の先輩。『こいつは学生で軍人じゃない』と証明してくれました」という。

地下室でラジオをこっそり聴き、日本の状況に想いを寄せる日々。いつ帰れるか分からないと思っていたが、昭和21年7月に突然、旧学生は日本に帰すという通達が出た。「日本には若者が必要だ、という政府の意向があったのかもしれませんね」。アメリカの輸送船で錦州から博多へ帰還した。

戦後、清水さんは大正大学に入学、高幡不動の秋山祐雅貫首（後の智山派管長）の弟子になった。立川第一中学の教員も務め教え子に慕われたが、地域の要請で昭和43年に日野わかくさ幼稚園を開園。以来50年近く住職と園長の二足の草鞋を履いている。全日本私立幼稚園連合会副会長などの要職も多数歴任した。

「争いはなくならないかもしれないけど、子どもたちには戦争は絶対にやってはいけないということ、人間の命を奪ってはならないということを知ってほしいですね。不殺生ですよ」と、死線を潜り抜けた教育者は穏やかかつ力強く語った。

終戦69年企画「私の戦争体験」 2014年9月4日

長崎で特攻訓練と原爆を体験

大田 大穣
曹洞宗皓台寺住職
（長崎市）

昨年、『赤とんぼ』という自伝的小説が話題になった。著者はレイコ・クルックさんでフランス在住の日本人。西岡麗子と言い、長崎県諫早市出身だ。「一九四五年、桂子の日記」の副題が示すように戦争体験を綴ったものだ。巻末に長崎・曹洞宗皓台寺の大田大穣住職（84）のインタビューが掲載され、小説の背景を説明。大田さんは当時、諫早にあった長崎地方航空機乗員養成所に所属。特攻としての訓練を体験し、8月9日には長崎原爆を実際に見ることにもなった。

◆「戦争が長引けば、特攻に行っていたでしょう」

昭和4年（1929）、7人きょうだいの末っ子として生まれ、養成所に入ったのは小学校卒業して間もない昭和17年4月。「小学校1年の時に母が、4年の時に父が亡くなり、進学は無理だと思っていた。それが養成所の試験を受けたら合格。これで勉強も出来るし、あこがれの飛行機にも乗れると思った」

大田さんは鳥取県赤碕町（現琴浦町）のお寺で生まれた。ホタテ漁が最盛期の頃で町全体が賑わい潤っていた。文化的にも豊かな土地で多くの名士が訪れている。世界的な写真家、塩谷定好もこの町出身。現在は生家が記念館として残っている。

その頃、「色んな人がお寺にやってきた」。奈良・興福寺時代の大西良慶住職（後に京都清水寺貫主）は隔月ごとに講話に訪れ、それが7年続いた。「観音経のほか、修証議の講話が記憶にありますね」。法相の大家は禅にも通じていたようだ。さらに京都大学や東京大学の〝左翼学生〟がしばしば逃げ込んできた。大田さんは学生たちが持ちこんだ文物を手にとって読んだ。小林多喜二の『蟹工船』やドストエフスキーなどに親しんだ。

さて諦めていた進学がかない、大田さんは全国最年少で長崎地方航空機乗員養成所に合格。同養成所は、逓信省航空局の下に全国十数カ所に創設された一つで、民間パイロットの養成が主だった。後に海軍管轄となり、特攻要員を訓練する基地となった。

大田少年は勉学と訓練、それに制裁もあったが、父から僧堂のように厳しくしつけられたため、それほど苦にしなかったという。

「赤とんぼ」は練習機の愛称で、全体がオレンジ色に塗られ、それが遠目には赤く見えた。戦闘機に比して性能は確かに劣るが、練習機としては優れた飛行機だったと評価する。戦争末期、戦闘機が不足しだすと、赤とんぼも特攻機となった。「特攻に使われたのは中間練習機といわれるもの。本来ならば能力がないように思われるが、金属製の部分が少なく、翼は布製にペンキを塗っただけ。だからレーダーに映りにくい。2人乗りがやっとの飛行機に250キロ爆弾を積むわけですから、よく出て時速100キロぐらい。そのうえキャンバス（布製の翼）に弾が当たっても通り抜けてしまう。だから成功した」

終戦が迫る7月29日、大田さんの先輩らが操縦する7機の赤とんぼは深夜、低空飛行で石垣島から飛び立ち、アメリカの駆逐艦撃沈という戦果をあげた。ただ後に判明するのだが、大田さんによると、米軍は6月23日の沖縄戦終了で気の緩みがあり、駆逐艦も老朽化

し本国での整備を受けなければならなかったという。「数

「特攻で半分ぐらいの先輩は死んでいった」と唇を噛む。「数カ月終戦が遅ければ、何のカ月終戦が遅ければ、何のためらいもなく行ったでしょう」。これもまた教育の〝成果〟だと実感。

養成所の滑走路に不時着する特攻機が後を絶たなかった。「滑走路の端は土が軟らかくて、そこまで行くと戦闘機がひっくり返ったりした。見に行くと尾翼のリベットが飛んでいる。こんな飛行機で戦うのか、と思ったことがありました。完璧な飛行機はほとんどなかったですね」。物資と共に熟練工不足を感じずにはおれなかった。

8月9日、爆心から13キロ離れた諫早にある養成所。大田さんは格納庫で作業中だった。「フラッシュのように青白い光がパーッと。思わず顔をあげました。どんな照明弾をつかってもああはならない」。原子爆弾が炸裂した瞬間である。間もなく原爆によるキノコ雲と同時にB29からの計測パラシュートも見た。

8月15日、直立不動で玉音放送を聞いた。周囲から日本が負けたと教えられた。すると四国・松山基地からの飛行機がやって来て、まだ戦いを続けるという趣旨のビラを撒いて去った。周囲でも戦争継続を訴える人が少なくなかった。

一方で、「車を乗り付け物資を運び去る人がいたり、自分でも銃剣でベッドを突き刺したりしました。きれい事を並べていた人が別人のようになり、人間不信に陥りましたね」

と自身を含めて終戦直後の混乱に直面した。「アルコールを飯盒で薄めて飲んだりする人がいました。その記憶が、嫌が上でも残り、今でもお酒は飲めません」と苦笑する。

9月、10代半ばで養成所を終え帰郷。その後、旧制高校に通い、京都大学受験を目指した。「最初は法学部にと思っていたのですが、寄宿先に郷里の門脇卓爾さん（哲学者・学習院大学名誉教授）と親しい野入（白山）孝純さん（後に永平寺西堂）が訪ねてきて哲学を勧めたのです」。それが京大の哲学に進む要因になった。

色んな人との出会いから「ご縁があってね」と謙虚に感謝する大田さん。そして戦争と共に、原爆・原発にも懸念を示す。

新春エッセイ　2015年1月1日

戦後70年　豊かさはどこへ

宮城　泰年
聖護院門跡門主
本山修験宗管長

豊かさとは何かと問われると少年の時の原風景が出てくる。今までにも所々に書いてきたことだが敗戦の秋、中学2年の私は深刻な食料不足のため田舎へ食い延ばしに行かされた。静岡駅で夜行列車の窓から降り足は西に向かった。学校で読んだ岡本かの子の『東海道五十三次』に丸子の麦メシとろろが出ていて、それがあるかも……という幻想にかられていた。

空腹の上、破れかけた布靴で歩く安倍川の橋は長かった。田舎道で出会ったおばさんに「麦メシとろろはどこ?」と聞いた。「そんなものある筈ないよ」この子おかしいんじゃないか、と言わんばかり。私は一体どのような顔をしたのだろうか。おばさんは口調を和らげ「家においで、蒸しイモならあるよ」……そして腹一杯食べるようにすすめられた私は幻想から現実に戻り、さつま芋を食べながら涙が止まらなかった。

食い延ばしの日も尽きて帰りのリュックには米2升、さつま芋などやせた背中には痛いが、宝物を運ぶ思いで京都駅に降りたとたんに取り締まり、ヤミ屋と一緒にロープの内側に引き入れられた。悔しさと情けなさのうちに列は取り調べ警官がいる方向へと動いて行く。

ロープの外から警官の声が聞こえた。「ボン一人か、どこ行ってきた?」私の返事に心中の思いが出ていたのだろうか。突然ロープが上がってひと言「行き…」。走りながらまた複雑な涙が止まらなかった。そして家族6人、一週間ほどの豊かな日を過ごすことができた。

70年前、二升の米に家族が喜び、一切れのイモに涙を流したのは食べ物のあることに感謝する気持と、戦後荒廃の中に残っている人情の豊かさという背景があったように思う。

戦後、困窮から右肩上がりの復興の中で何でも手に入るようになると、私もそうであったが、もっと豊かにとか目新しいものにと日本中誰もが眼を輝かせた。日本中にモットモットの鬼が出て…気がつけば、えせ豊かの中で環境は破壊され、格差社会のひずみはモノがあり余る世間なのに、おやつも買えない子どももいるという歪んだ現実も生んでいる。

私たちは太陽・水・土・そしてすべての存在との関わりでなりたっていることを知れば自ずからノリを超えない少欲知足の当たり前のことに気付く筈である。

貧しい心とは不満と貪欲を土台にしている節度を知らない、さながら餓鬼道のえせ豊か地獄であろう。

真に豊かな心とは感謝を土台にした満足でありお互いに生かし合える喜びである。


みやぎ・たいねん／昭和6年（1931）12月28日生まれ。昭和29年（1954）龍谷大学文学部国文学科卒業。京都・聖護院門跡執事、執事長、本山修験宗宗務総長などを歴任。平成19年（2007）聖護院門跡第五十二代門主・本山修験宗四代管長に就任。

「展望2015」　2015年1月29日

釈尊の教えに忠実であれ

五十嵐　隆明
総本山禅林寺第八八世法主
元西山禅林寺派管長

昭和20年8月15日の玉音放送の時、京都市内の等持院駅近くの念仏寺にいました。私の生まれた小さな寺です。雑音の多い放送でした。戦局が悪いという情報は全くなく、ほとんどが戦争に勝つと信じていた時代です。だから負けたとわかって、あれは何だったんだと思いました。敗戦が現実と実感したのは教科書です。占領政策であっという間に墨ぬりをやらせられましてね。この部分とこの部分と指示され、自ら墨ぬりをしました。価値観が一気に変化して、子どもですけれども、国や社会、大人に対する不信感がおこりました。そして先生、親に対しても。

鮮明に記憶していることがあります。私の2年先輩ぐらいが学徒動員で、愛知県半田市の軍用機を作る工場で働かされていました。ところが大地震が襲った（昭和19年12月7日の東南海地震）。工場は倒壊したくさんの学徒が犠牲になったのです。その中に京都第三中学（現府立山城高校）の生徒がいました。私は新制山城高校の第3期でしたが、第1期の方にこの地震経験者がいました。戦争中、死亡の知らせはありましたが、どこで、どういう形でという情報はありません。箝口令が敷かれ、情報が入ってこないのです。もう少し早く生まれていたら、私もその場にいたかも知れません。

私の妻は太秦にある三菱重工の軍需工場に動員されました。よく「京都は空襲がなくてよかったですね」と言われますが、実際にはこの太秦、飛行場のあった大久保（現在宇治市の自衛隊大久保駐屯地）、京都女子大がある東山区馬町、上京区の西陣などが空襲に遭っているのです。

これに関して言うと疎開です。学童疎開と別に、建物疎開。家々が密集する地域は戦災による類焼を避けるため、1軒数百円でいついつまでに家を潰せというもの。堀川通り、五条通り、御池通りの道幅があんなに広いのは、都市計画でもなんでもなく強制疎開のたまものなんですよ。伯父の寺も疎開対象となり4~5日以内に寺の中からすべて運び出さなければならない。伯父は出征して不在。私は手伝いに行きました。明日すべて取り壊すという矢先、それが8月15日で間一髪、解体を逃れました。

食べものには戦争中から苦労した。昔は奈良電（現近鉄京都線）といいましたが、その電車で親戚の寺に米や野菜を取りに行ったりしました。途中、警戒警報が鳴り艦上機が飛来してきて、一斉に電車から降りて畑に避難したこともありました。

◇

さて戦後の昭和29年（１９５４）、清水寺の大西良慶貫主を初代理事長として京都仏教徒会議が発足。私もお手伝いしました。宗派を超えて管長や門跡、一般住職が集まり、仏教の現代化、仏教者による平和問題などについて討議し、実践活動を行いました。その背景には戦争協力に対する懺悔、新宗教の台頭などに対応することであり、仏教精神を現代に生かす、仏教の原点に戻ろうという理念がありました。仏教現代化の中では、近年まで発行された京都仏教徒会議編『人生読本』（大法輪閣）があり、私学の副読本として用いられたりしました。

聖護院の宮城泰年さん（現門主）は大学の一級上。一緒に停戦直下の北ベトナムに行ったことがあります。京都仏教会と京都仏教徒会議が合同で救援委員会をつくり、各寺院に協力を仰ぎその浄財を北と南に届けたのでした。北爆が終わった後の1972年11月です。歴史的に中国の脅威やフランスの植民地化がありましたが、ベトナムの人々は〝蟷螂の斧〟といわれるごとく、そうした勢力に対抗する力や忍耐力がDNAとして残っているのだなと感じました。ハノイにある動物園には落とされた米国のB29が檻の中に入っていて、一歩も引かない覚悟を見る思いでした。

いま安倍首相は戦後体制からの脱却を言いますが、ある人はいつまでも戦後であってほしいと言います。安倍首相の積極的平和主義には、戦争へ戦争へという危うさを感じます。戦後も古稀を迎えました。8月15日の敗戦記念日を終戦記念日と言います。後世に実態を隠そうとする都合のいい言葉です。私は、憲法9条は堅持しなければならないと思っています。

何よりも仏教者は釈尊の教えに忠実であることが求められます。我々が唱える「天下泰平回向文」には「兵戈無用」の言葉があります。武器をとって争ってはいけないという教えです。さらに五戒の第一は不殺生戒です。殺してはならない、殺させてはならない、殺すのを容認してはならない。傍観者であってはいけないのです。

最近、仏教青年会や婦人会などがＮＰＯなどと協力して社会実践を行っています。それはとても良いことで評価できます。そうした中で釈尊の教えを生かしてほしい。ただし、〝我が宗一番〟という宗我をださず、釈尊の基本的な教えをきちんと根付かせ、〝自利利他〟の教えを他者に芽生えさせ、それぞれの信仰の道に入ってほしいものです。それが平和への第一歩となるはずです。

いがらし・りゅうみょう／昭和８年（１９３３）京都生まれ。龍谷大学文学部卒。総本山禅林寺第八八世法主、浄土宗西山禅林寺派元管長。養福寺（左京区）名誉住職。大正10年（１９２１）京都佛教護国団長の大西良慶和上によって創設された老人福祉施設「同和園」（社会福祉法人）の第３代理事長を務めている。園名は聖徳太子の「和を以て貴しとなす」に由来。著書多数。

街は火の海、夜通し歩き避難

井桁　雄弘
大阪府佛教会会長
浄土宗大圓寺住職

戦争末期の昭和20年3月以降、日本列島は未曾有の大空襲に見舞われた。最初は都市部が狙われた。3月10日の東京大空襲、12日の名古屋大空襲、13～14日の大阪大空襲、17日の神戸大空襲などである。空襲は全国におよび、8月15日の終戦直後まで続いた。大阪府佛教会会長の井桁雄弘氏（浄土宗大圓寺住職）は「記憶が薄くてね」と苦笑しながら、小学生時代の空襲体験を開陳した。

◆

「普段から空襲警報が鳴るたびに足にゲートルを巻いて避難する準備をしていましたよ。小学校でも巻いていましたから、慣れたもの。外に出て、家が焼け落ちるのを見届けてから、母親に抱えられるようにして逃げました」

70年前の3月13日深夜から翌14日にかけて大群のB29が大阪上空に飛来。「〝ザーッ〟と、雨に似ているけれども、もっとひどい音だった」と井桁氏は記憶をたどる。B29は大量の焼夷弾を投下した。爆弾ではない。日本の木造家屋を熟知しての焼夷弾である。一面が火の海になると「どれが自分の家かわからないくらい」だった。「夜通し飛んできては焼夷弾を落とした。で、街は全部焼けた。後から聞いた話やけど、一週間ぐらい火が燻っていたらしい」

井桁親子は祖母のいる堺市に避難することになった。住居のある大正区小林町から千島町を経て難波の汐見橋まで防空ずきんをかぶり歩いて逃げた。道路は避難者であふれていた。その最中にもB29はやってくる。随所に遺体があり、助けを求める人もいた。「母親が、遺体を見せまいとしてこうやってね（身体を覆うしぐさ）。見たらアカンとも言われた。本当に何もできなかった」と唇を噛む。

夜を徹して歩いてようやく汐見橋駅（南海電鉄）に着いたものの電車が出ない。なんとか動いた電車に乗り込み堺東駅まで行った。そこから再び歩いて祖母のいる家に避難した。

大阪大空襲は市下だけでも8回あった。最後は8月14日の京橋空襲だった。市外も空襲にさらされた。7月10日、避難先の堺市を大編隊が襲った。「とにかく凄かった。堺市内は全部焼けてしまった。今の堺駅付近ではようけ亡くなった。上に阪堺電車が通って、その鉄橋の下に川があって防空壕があった。みんなそこに逃げたけど、そこで亡くなった。檀家さん5人も」「堺に土居川というのがあって、ここでもようけ亡くなった。川の両側の街が焼けてみんな土居川に向かった。そこに飛び込んだ。川の水が湯になったと聞かされた」

記録では7月10日の堺大空襲で１８６０人以上が犠牲になった。井桁親子は「祖母の家が仁徳天皇陵のそばだったから助かった」。民家のない御陵は攻撃目的ではなかったらしい。それにより周辺も戦災から免れた。

「確か空襲から2日後くらいかな。醤油さんやと思うが、いれもんを持って、入れてきた記憶があるわ」。忙中閑あり。焼け残った大樽から大量の醤油が流れ出し、子どもたちがそれを瓶や壺に入れていたというエピソードである。

大空襲で一面は焼け野原になったが、残った建物が蔵であった。堺で衝撃的なシーンを目の当たりにした。ある大人が自分の家の蔵を開けようとしていた。井桁少年と仲間たちは遠目から見ていた。「開けた瞬間、ボーンと火が噴き出た。おそらく中は熱がこもっていたから、そうなったと思う。当時は判らんから、爆弾が落ちた！と思った」

最初の大阪大空襲は3月13日。3日前の3月10日は東京大空襲だった。「ラジオを聞いていた父親が、東京が空襲でやられたと教えてくれた。けれども空襲というのがようわからんかった」と井桁氏。間もなく大阪も同じようになるとは、おそらく民間人では考えもしていなかったであろう。

京橋空襲翌日の8月15日。「重大発表があるでと親が言ってたね。それで、今日は遊びに行ったらアカンと」。戦争が終わり、それから日本は復興へと歩み始めた。

僧侶になってからの昭和47年頃から4回ほどフィリピンを慰霊訪問。1回目は遺骨収集もした。「私らは戦争を知らんから、地元ライオンズクラブのメンバーに頼まれてね。戦友がフィレピンのサマールで亡くなったというのでお骨を拾いに行き、ご供養した。ここで死んだとか、戦友の話をよくしてました」。それから井桁氏はサイパンや台湾、そして沖縄へと慰霊の旅を続けた。

戦争末期の度重なる空襲体験と戦後のひもじさから「生きてこられたのが不思議な感じ

がする」と言い切る。それが慰霊の行動にもつながったようだ。井桁氏は続ける。「当時の人たちは物がない、働くところもないのに一所懸命生きてきた。それが復興につながった。日本人というのは努力家だと思うな。裸一貫からよう短期間にこれだけきたなと思う。批判もあるけれども島国というのも幸いしたと思う。だから団結できた」

戦後70年。井桁氏は最近の少年事件に胸を痛める。原因の一端は家族にあるという。「家族内で会話、対話がない。夫婦もそうだし、子どもたちもゲームや携帯（スマホ）ばかり。月参りしているとそれを感じる。家族でもっと会話してスキンシップせな。それは国と国との関係も同じやと思うわ」

いげた・ゆうこう／昭和９年（１９３４）12月28日、現在の大阪・大正区生まれ。佛教大学卒。在家出身で15歳の時にお寺に入った。仏教青年会活動等を経て大阪府佛教会の事務局長、理事長を歴任し平成22年（２０１０）から会長。総本山知恩院顧問、全日本仏教会監事。住吉区の大圓寺住職。本尊の阿弥陀如来像は快慶作。

第二部

寄稿・レポート・記事

特別寄稿　２００６年８月10日、17・24日合併

戦犯と2人の教誨師　花山信勝と田嶋隆純

小林弘忠　作家・ジャーナリスト

終戦61年。この秋には自民党総裁選を控え、靖国神社参拝をめぐる議論が争点の一つとなっている。また昭和天皇のメモが明らかになりA級戦犯への関心が高まっている。『巣鴨プリズン―教誨師花山信勝と死刑戦犯の記録』の著者である小林弘忠氏に、戦犯と教誨を中心に執筆して頂いた。

◆

日本と太平洋戦争を戦っていた連合軍は、終戦前から日本に対する無条件降伏文書を作

田嶋隆純（1892－1957）

花山信勝（1898－1995）

成していた。アメリカ、イギリス、中国は昭和20年7月25日、トルーマン、チャーチル、蒋介石３首脳がドイツのポツダムで会談、この文書を正式に起案し、世界に発したのがポツダム宣言だ。

宣言には①日本は軍国主義を放擲し、武装解除すること②戦争犯罪人は裁判にかけられること③連合国は日本を占領し、民主主義、平和確立などの目的が達成されたときに撤退すること――などが盛り込まれ、この②に基づいて、ＧＨＱ（連合国総司令部）は終戦と同時に戦争犯罪人の追及と訴追に乗り出した。戦争を引き起こした首謀者、連合軍の捕虜を虐待した元軍人らを戦争犯罪人として指定し、裁判にかけて処罰しようというのである。

戦犯裁判は、Ａ級、Ｂ級、Ｃ級に分かれて審理されることになっていた。平和・人道に対する罪などを問うA級裁判（通称東京裁判）は、戦争を企図、遂行した政府要人、元軍首脳部が対象、戦時法規違反の罪などを裁く。B級裁判は、捕虜や進出した国の現地人を虐待、迫害した指揮者、実行者、捕虜らを対象とし、大量虐殺などを実施した指揮者、実行者を罰するのがC級裁判である。ただし、日本では捕虜たちの大量虐殺例のC級はなく、通常B級とC級が区別されずにBC級と呼称している。

連合軍が日本を占領した終戦直後、国民の憎悪は連合軍に向けられていた。戦争中は「鬼畜米英」とさげすんで闘志をかき立てていた国民は、敗戦に追いやった外国兵士を恐れたのは当然だった。情報は混乱し、外国人は婦女子を襲い、家の財を略奪するとのデマも流れたため、女性や子どもが疎開したり、女子職員を退職させたりする県や市もあった。戦後いち早く政府が連合軍のための「慰安施設」をつくったのもこうした恐怖のあらわれといえる。

しかし、一部の連合軍兵士の無謀行為はあったものの、おおむね占領政策は平穏に推移し、日本国民はひところの「鬼畜米英」の心情をころりと変えて、アメリカナイズされるようになった。ＧＨＱの軍国主義廃止、民主主義浸透政策は、短期間のうちに国内に染み渡っていった。

一方で、敗戦による物資の欠乏、栄養失調死の増大、伝染病の拡大など生活の混乱は頂点に達していたため、アメリカなどへの憎悪が薄れるのと反比例して、国民は混乱の元凶を、かつての日本軍人のせいだと思うようになった。日本を廃墟に導いたのは、戦争をはじめた軍の指導者やそれに追随した軍人たちであると、責任の矛先を旧軍人に向けるようになったのだ。

「鬼畜米英」が「アメリカさん」と呼ばれるようになったのに比べ、戦時中は「万歳」で戦地に送り出された日本兵は「兵隊あがり」と揶揄され出し、だから新聞もＧＨＱが旧軍人を戦争犯罪人として訴追すると、それを歓迎した。

連合軍兵士、戦犯に対する国民感情がこのように変化しており、花山信勝、田嶋隆純教誨師ともその点はよくわきまえていたであろう。両教誨師が戦時中「非戦」の立場に立っていたかどうかはわからないが、戦時の非戦者についての当局のすさまじい取り締まりからすれば、仏教者である２人は、象牙の塔にたてこもり、少なくとも非戦的な態度はとらなかったであろう。

戦後になってからの戦犯に向けての両者の目は、やはり共通したものがあったはずである。平和・人道に対する罪に問われたＡ級は、閣僚や軍の最高幹部ら日本国の指導層であった。これに対して戦時法規違反の罪とされたBC級の人たちは、階級が下の兵士がほとんどだった。だが、仏教者として、花山師、田嶋師は、拘束された人の階級のことは考えず、同じ戦争犯罪人ととらえていたのは容易に察することができる。

具体例を示せば、花山師は、彼が最期を看取ったA級戦犯7人とBC級戦犯の計33人すべてに法名（広田弘毅は遺族が拒絶）をつけ、その法名はすべてに平等に「光寿無量院釈」（光は光明の智恵、寿は生命、釈は釈尊の教えを受けた者をあらわす）の院号とし、その下に俗名（俗名が1字の場合は自分の名、信勝の1字「勝」を付け足して8文字にした）をつけた。元首相、東条英機の法名は「光寿無量院釈英機」であり、捕虜を虐殺したとして死刑となった元軍属で捕虜収容所の監視員だった本田始の法名は「光寿無量院釈勝始」だった。亡くなれば貧富、階級の差はなく、みな仏になるとの考えからだった。

田嶋師が教誨師となったころは、A級を裁く東京裁判は終わり受け持ったのはすべてBC級だった。その中には将官（中将・少将）、佐官（大佐、中佐、少佐）や下士官（将校以下の兵隊）が入り混じっていたが、彼は決して分け隔てすることなく、戦犯全体の釈放運動に身を挺した。

2人とも、戦争の勃発とその破綻で、日本は結果的に壊滅的な被害を受けたが、あくまでもそれは人間のなせる宿業であるとの思考を抱いていたようである。しかし、その教導には差異があった。それは、花山師が教誨した対象者がA級戦犯を含んでいたこと、田嶋師が教導した戦犯は全員BC級であったことと無関係ではない。それは後で述べる。

教誨師とは、矯正施設の収容者に特性教育を施す役割を持ち、新生日本の将来のためには大量に逮捕、拘束した戦犯にも特性教育が必要と、政府は昭和20年末に戦犯収容施設の通称巣鴨プリズンに教誨師を派遣することを決めた。初代の教誨師として白羽の矢が立ったのが花山信勝師だった。

当時花山師は、金沢市にある浄土真宗本願寺派宗林寺の住職のかたわら東京帝国大学（22年に東京大学と改称）文学部助教授（4月に教授）に奉職していた。彼は21年2月からプリズンに通い、教導をはじめる。

教導は2つの方法があった。

有期刑の判決が下された戦犯、まだ判決が下されていない未決囚を一堂に集めて仏教講義をすることが1つの教導であり、もう1つは、死刑が決定して独房に収監された者には、1対1で心の準備を教えることである。

彼がもっとも悩んだのは、A級戦犯をどのように教えるか、具体的にいえば、戦争を企図し、国民を戦地に追い立てた罪をどのように認識させるかということだった。起訴されたA級戦犯は28人だったが、裁判の途中に1人は死亡、2人は病気のため裁判見送りで、

25人が判決を受けることになった。元首相をはじめ、多くがキラ星のような肩章をつけていた雲の上の人とも仰いでいた軍人である。全員とはいかないまでも、極刑の判決が下るのはまちがいないといわれていたため、教導方法に腐心していたのである。

　勝った国が敗戦国を裁くという強者の論理に反発を感じながらも、花山師はA級戦犯が多くの同胞の生命を損ない、国を危うくしたとの思いは持っていたといわれる。したがって結果責任ではあっても、戦争に罪は存在するとの観点から、少なくともA級戦犯には、裁判の結果を穏やかに受け入れ、悟りの心をも教授しようとした。

　だが、戦争責任は実際にあるのだろうか。あるとすれば、幾多の非戦闘員である市民を犠牲にしたアメリカの広島、長崎へ原爆を投下は、どうして罰せられないのか。そうした矛盾を抱えながらの教誨に彼（花山信勝師）は苦しんだ。

　ずっと年上のA級戦犯への教導は、仏典の真理を教えるということのほかに、すでに死刑判決が下されているBC級戦犯の判決前と判決後の日常をA級の虜囚に知らせることで、無常、覚悟、諦観などを教えようとした。

　たとえば、昭和21年8月に死刑が執行された福原勲元陸軍大尉は、判決の前まではなんども自殺を試みた。しかし、死刑判決後は、「1日を大切に」との花山師の教えを必死に守り、トイレットペーパーに「最後まで頑張れ　お蔭様　今日も1日生かされたぞ　噫

もったいない　ありがたい　『南無』」と書いて壁に貼っているのを見て、花山師は雷に打たれたように立ちすくみ、福原の迷いは断ち切られたと感動する。

A級戦犯7人に死刑判決が下された以後は、この福原の例を1人ひとりに話し、やはり死刑となった陸軍大佐が花山師に託した遺族宛の遺書もA級戦犯たちに読み聞かせた。遺書は煩悩と悔悟に満ちたものではあったが、人間はだれしも煩悩を引きずっていくものだということをA級の人たちに教えるためだった。

花山師の教導は、このように直線的に死刑囚の心をゆさぶって、できるだけ静謐な境地で死へ赴かせることを念頭に教誨したが、すでにA級戦犯の死刑は終了し、BC級戦犯だけとなっていた時期に就任した2代目の教誨師、田嶋隆純師の場合は、花山師とは異なっていた。

田嶋師が巣鴨プリズン教誨師となったのは昭和24年6月だ。豊山大学（現大正大学）でチベット語を学び、フランスのソルボンヌ大学に留学した経験のある彼は、このころ大正大学教授である一方、東京江戸川区小岩の正真寺住職でもあった。

田嶋師は、戦前から戦争をなんとか回避できないかと心を痛めていたという。「非戦」「反戦」ではなく、戦争突入を避ける運動を起こすのが宗教人のつとめであると感じていた。昭和16年7月には渡米して、アメリカ国内の宗教団体を熱心に説いて回ったが、かえって当局にあやしまれて架け橋となることはできなかった。

田嶋師は、教誨師に任命されてからというもの、否応なく戦争に狩り出され、国のために戦いながら戦犯として獄につながれている収容者に深い同情を寄せ、宗教者として戦争を回避できなかった責務も感じていた。彼は、死刑判決が下った戦犯にはともに涙を流して悲しみ、「私がいたらなかったからだ」と手を取って慰めたといわれる。

彼は、厳然として死への心構えを諭した花山師とは対照的、安心立命の境地をすすめるのは得策ではないと考えた。戦犯たちに安心を与えるのは、死刑執行の停止か減刑しかないはずだ。そうした現実論の立場から田嶋師は死刑囚の減刑、助命運動に立ち上がる。全国の寺に協力を呼びかけ、みずからはラジオにも出て、なぜ助命が必要なのかを熱っぽく語った。

ＢＣ級の戦犯たちはほとんどが上官の命令で戦争法規を犯し、中には死刑の判決を言い渡されている。それはあまりにも不条理である、と彼は聴取者に語り、戦犯に対してもそのように言って共感を得た。

田嶋師は、戦犯の間から「真実、われわれのことを考えてくれている教誨師」との評を得、「巣鴨プリズンの父」とあがめられる。身をなげうっての助命運動が激しい感動を呼んだのだろう。

２人の教導は対照的といえたが、これはプリズンを取り巻く環境の相違に影響されたともいえた。花山師が就任したときは、まだA級裁判は始まっておらず、日本政府も連合国側も緊張していた。さらに収容されるBC級戦犯はどんどん増えて、プリズンの外では戦犯に対する憎悪の声が盛んだった。田嶋師が教誨師となった年は、すでにA級の７人は死去し、ほかのA級戦犯は釈放される者が多く、BC級戦犯の追及も2、３年前より緩和されていた。朝鮮半島の動きがきな臭くなり、南北朝鮮動乱に備えて、アメリカ軍の目は、日本よりも朝鮮半島に向けられるようになっていた。

こうした内外の変化が、２教誨師の教導方法にも反映していたといってもいいかもしれない。

こばやし・ひろただ／昭和12年（１９３７）東京生まれ。早稲大学卒。毎日新聞に入社し、地方版編集長・情報調査部長・メディア編成部長などを歴任。著書に『巣鴨プリズン』『マスコミVSオウム真理教』など多数。近著『逃亡―「油山事件」戦犯告白録』で第54回日本エッセイスト・クラブ賞受賞。

寄稿　2007年1月11日

日米開戦秘話　関法善師の証言

野本一平　米国在住ジャーナリスト　本願寺派僧侶

関　法善

毎年12月になると、日本のマスコミは日米開戦当日（12月8日―アメリカは7日）のことを話題にとり上げる。アメリカでも、「パール・ハーバー・デイ」として、「日本のだまし討ち」という表現をいまだに使って、日本は信用の置けない国だとまことしやかに論ずる人もいる。

というのも、日本政府からアメリカ合衆国への正式な宣戦通牒が、真珠湾攻撃の後になって通達されたことによる。

この通牒がなぜ遅れたかについて、その原因を多くの論者が今日まで、くり返し書いてきたが、いまは在米日本大使館員の、特に電報受信処理の遅れという不手際にあったということに落ち着いている。

ところが2003年の文藝春秋12月号は、「真珠湾『騙し討ち』の新事実」という大見出しで、斎藤充功氏の論文を載せている。

その内容をかいつまんで記してみると、日本が最後通牒を通告すべき日に、野村吉三郎大使は、陸軍主計大佐新庄健吉という人の葬儀に参列していたので、通告が遅れたという事実を論証しているのである。

斎藤氏はこの文の中で、新しく発見された『新庄健吉伝』に書かれた当日の葬儀の状況に信憑性を置き、その葬儀に野村大使が参列していたこと、その後、野村大使から遺族に届いた一通の手紙から類推して、あきらかに新庄大佐の葬儀に野村大使が参列していたために最後通牒の通告が遅れたと結論づけている。

しかし、この斎藤氏の文の中で気になるのは、新庄大佐という同じ人物の葬儀の模様をもう1つの証言が伝えていることでそれが違っている。

その証言は、当日、朝日新聞ニューヨーク特派員だった中野五郎の『祖国に還へる』という著書に書かれている、新庄の葬儀の模様で、中野は新庄とは友人であり、その葬儀に出席していた。

中野は新聞記者らしく、見たままを記録しており、葬儀場、出席者、儀式としての葬儀そのものの状況等も記している。出席者の中に野村大使の名前がない（出席していたら重要人物なので当然記したにちがいない）。

その中に、このようなくだりがある。

「――米人牧師の聖書の読誦が終わると、ニューヨーク仏教教会のS布教師が黒い背広の上から法衣を纏い、数珠を繰りながら経文を朗々と誦し始めた。満場粛然として故人の冥福を祈る光景は全く劇的なものであった」

葬儀はキリスト教会で行われたのだが、式場を借りた礼儀として、教会の牧師の祈祷をとり入れたのだろう。中野は「ニューヨーク仏教教会のS布教師」と書いているが、「仏教会」「開教使」とした方が適切なのだが、大きな間違いではない。ここのS布教師とあるのは、あきらかに関法善師のことである。当時、関師は東部でただ1つの仏教寺院であるニューヨーク仏教会の住持をしていたからだ。

この中野の記録に信憑性のあることは、関師自身の回想を読んで、私は納得した。それは昭和59年8月13日付の「中外日報」に、関師が「開教使たちの『日米戦争』」と題して寄稿した中に、このようなくだりがある。長いが原文のままに引用する。

〈1941年12月7日（日本時間で昭和16年12月8日）私は首都ワシントンに居た。この日、死亡した日本大使館駐在の海軍式官の葬儀を営むため、前夜から首都入りしていたのである。

日本が開戦を決定しているまさにその日、合衆国の統合の象徴たる議事堂のお膝元で、悠々と海軍式官の葬儀を営むことに、なにか戦略的な意味があったのかどうか、それはわからない。またこの事実を、戦史がどう位置づけているかについても興味はない。ただ私は本願寺派の僧侶として、乞いに応じて当然の義務を果たしたまでであった。

宿は大きなホテルで、隣の部屋には、ハル国務長官が泊まっていた。朝、顔を合わせて、二言三言、話をしたのをおぼえている。寒い日だったが、雪は降っていなかった。

時間が来て葬儀社におもむき、私が日本と同じ勤行をしたが、出棺になっても、肝腎の人が焼香に現れない。その人とは、最後の日米交渉に当っていた元海軍大将の野村吉三郎特命全権大使であった。暫く待つうちに、あわただしく海軍の人が入って、野村大使が来られなくなった事情を説明した。フィリピン沖で、日米の海軍が衝突したという。だから、あなたは墓地まで送らずに、ただちにニューヨークに戻りなさいという指示にしたがって、駅に駆けつけたら、大騒ぎになっている。日本海軍がパールハーバーを奇襲したと、新聞

の号外がばらまかれている。〈後略〉〉

この記述の中で2箇所、関師の記憶ちがいであろう、「海軍式官の葬儀」となっていることと、会場が葬儀社としていることである。むしろそれより、その日の朝、同じホテルに泊まっていたハル国務長官と言葉を交わしたこと、野村大使が出席できなくなった事等は、相手が重要な人物であるだけに間違いのない記憶であろう。葬儀執行者のこれは信じてよい証言である。朝日の中野記者も関師が導師であったことを記録しているのであるから、新庄大佐の葬儀に野村大使は、あきらかに参列していなかったので、日米戦争の最後通牒が遅れたのは、「野村大使の葬儀出席のため」というのは、全くの事実に反する。残念なのは関師もすでに故人になっており、直接に本人の証言がとれないことだが、中外日報のこの記事は、あたかも「新事実」のごとく書かれた文藝春秋の記事を、完全に覆す重大な証言である。

関法善師は鹿児島県の出身で、明治36年（1903）生れ。昭和5年（1930）に渡米。はじめロサンゼルス別院（本願寺派）に駐在。その間、アリゾナ州に日本人の農業移民が数百名もおり、炎天下で、営々として農業に従事していることを知り、アリゾナに単身赴任、日本人農民の協力を得て、1935年にアリゾナ仏教会を創立させた。この地で2年間伝道をして、仏教会の基礎が確立したと見るや、東部のニューヨークに仏教寺院が

1つも無いことを知り、ここにお寺を建てようと思い、当時としてははじめてのこころみだったが、仏教青年会長だった長神修正が、日系の飛行士だったたのにたのみ、阿弥陀如来のご本尊を奉持して、一緒に飛行機でニューヨーク入りしたという話題の持ち主である。日系人の多くいないニューヨークに、実に苦労して現在の仏教会を1936年に創立せしめた。東部の日系社会のみならず仏教僧といえば、関師がいつも代表した。ケネディ大統領の国葬の時も全仏教徒を代表して関師が参列したほどである。

関師のかかわった、日米開戦の秘話の1つを記してみた。

【本名・乗本恵三】

レポート　2009年9月17日、9月24日・10月1日合併

ハンセン病隔離100年

講演者　佐川　修
東京・多磨全生園入所者自治会会長

東京・国立療養所多磨全生園の療養者組織である入所者自治会の佐川修会長（78）を講師にセミナーが9月5・6日、名古屋市の日蓮宗法音寺（鈴木宗音山首）で開かれた。ハンセン病患者を収容する公立施設ができてから100年という歴史は、隔離の100年で

もある。ハンセン病の語り部の佐川さんは、その生き証人でもある。

◆佐川さんは10代でハンセン病と診断され、戦中、草津にある栗生楽泉園に入り、その後、日蓮宗僧侶である綱脇龍妙が創設した身延深敬園を経て、東京の多磨全生園に移った。多磨全生園の一角に国立ハンセン病資料館があるが、平成5年（1993）オープンの前身「高松宮記念ハンセン病資料館」時代から資料収集や展示、さらには語り部として活動してきた。

佐川さんは前半でハンセン病の歴史や実態、現状を話し、後半では自らの体験を披瀝した。

「紀元前20世紀、4000年も前からあったと言われ、インドが発祥地と言われています。森鴎外の医学書によりますと250年ぐらい前、ヨーロッパではこの病気が蔓延して収容所だけでも2万カ所あったという記録があります。ところが、世の中が落ち着いて平和になったら、いつの間にかこの病気による死者はいなくなったという状況が起こりました。

日本では、明治末頃までは3万人以上の患者がいましたが、現在は国立療養所13カ所、私立療養所2カ所を合わせても、療養者は2500人を切りました。平均年齢も81歳になろうとしています。毎年200人前後の方が亡くなっております。新発患者は年間数例と言われていますが、この3年ぐらいは1人か2人しかいません。今は新発患者が出ても入院しないで家から通院して薬を飲めば半年もしないうちに菌が陰性になって後遺症を残さず治る状況です」

病気の実態を説明し、治る病気であることを力説する佐川さん。かつては不治の病とされ、様々な悲劇を生んできた。ちょうど100年前の1909年（明治42）、公立のハンセン病療養所が全国5カ所に開設された。隔離の始まりである。

「5つの施設をつくった目的は、浮浪患者を取り締まることにありました。神社やお寺で寝泊まりして参詣人から施しを受けたり、四国八十八カ所を巡って途中で野垂れ死にしたり、そういう患者を外国人に見られたら恥ずかしい。だからみんな収容しろということから始まったのです。各療養所の所長は、全部警察官でした。全生病院の初代院長も警察官です。〟お前らをどの程度扱ったらいいかさっぱりわからん。まあ刑務所の囚人の罪一等を減じた程度で良かろう〟と言って扱ったことが記録に残っています」

「1931年（昭和6）に入ると、らい予防法という法律に改正。徹底的な患者の隔離収容が始まります。偏見差別の根源は、この昭和6年のらい予防法にあると言われているぐらいです。この法律は、医者が診察して患者がらいだと分かると、すぐに県知事に届けを出す。県は届けを受けるとすぐに警察に連絡して強制収容に向かいます。畑で仕事をしている人を野良着のままトラックに乗せて菰をかぶせて療養所に連れてきたり、大阪では17歳の少年が親が来るまで待って下さいと泣いて頼んでいるのに、また出てくるのは面倒だ、逃げるとうるさいからと言って手錠をはめて警官が連れて行ったり、東北や九州のように目星をつけた患者を6人7人と連れてくると、お召し列車と言って、貨物列車を使う。ひどい時はヤギなんかと一緒の貨物列車で療養所へ運ぶ。

連れて行かれた家は真っ白になるぐらいに消毒した。その家族はもう村には住めないと夜逃げをしたり、自殺者が出たり、子どもが学校に行かなくなったり、お嫁さんが帰されたり、こんな事件があちこちで起きました」

悲劇や苦労は強制収容だけではない。園に入ってからも続いた。過剰収容や食糧不足、さらには患者作業も多く、不自由な患者を介護するのは、患者自身だった。

転機が訪れたのは特効薬であるプロミンが投与されてからである。結核患者のためにと昭和18年、アメリカで開発されたが、結核患者には効果はなかったが、結核を併発していたハンセン病患者には効果があらわれた。日本でも合成に成功して、試験的に投与された患者の症状が驚くほどに治った。プロミンは高価だったため、貧しい患者は入手できなかった。

「プロミンが手に入らないなら死んでもいいやとハンストを始めて陳情をした。そしたらハンストする人が増えてきた。この話を聞いた草津や駿河の患者たちもハンストに入って、薬を下さいと陳情をした。草津の療養所では１４０人もハンストに入った。厚生省側も昭和24年、５千万円の予算を付けて、希望者全員にプロミンがうたれるようになりました。そうしたら園の中がすっかり明るくなった。それはそうです。らい予防法ではどんなに病が軽かろうが、菌がなかろうが、治っていようが、一度療養所に入れたら死ぬまで出さない、中で死んでもらうというのが日本のらい政策だった。しかし当時はみな若いですから社会に出たい、外で仕事がしたい、ということで垣根を破って逃げ出す人もいました」

自己退院や無断退院といわれたが、厚生省も退院を認めるようになった。全国で３７００人以上が退院したという。しかしここでも「元患者」は壁にぶつかる。

「結核を患った人は、平気で、昔結核を病んだけど治りましたと言える。ところがハンセン病の人はうっかり全生園から来たとか、元ハンセン病だったとか、一言でも話そうものなら、すぐに会社はクビになるし、住んでいる家からも出てくれと言われる。そのため、健常者と変わらないような人でも、小さくなって生活していました」

治る病気にもかかわらず、隔離政策が続いた。諸外国は開放医療が一般的だった。昭和26年の参院厚生委員会で、いわゆる隔離派の3園長が従来の主張を繰り返した。患者側は「全国ハンセン病患者協議会」（全患協）を組織し、国会や厚生省へ陳情するなど運動を始めたが届かなかった。「昭和6年の悪法のらい予防法が言葉だけが柔らかくなっただけで内容は隔離も何ら変わっていない」（佐川さん）と落胆は大きかった。

闘争は続いた。ようやく世論が盛り上がり平成8年（1996）にらい予防法が廃止された。当時の菅直人厚生大臣が全生園を訪れ謝罪し、人権回復がはかられた。さらに国家賠償訴訟が提起され、周知の如く、国の誤った政策を認める熊本判決がだされた。

ところが、家族に面会を呼びかけても音信不通のままだったり、一方で故郷の家族が受け入れたものの再び園に戻り自殺したケースもあった。「喜んで帰ったけれども長年故郷を後にして、帰っても知っている人は誰もいない。寂しくて戻ってきたのじゃないか」と園に残った者はそう話し合ったという。

「日本のハンセン病が変わってきたのは平成5年（1993）に高松宮記念ハンセン病資料館が建ってからなんです。今まで、ハンセン病にかかったら、隠して隠して、退院した人も隠れるようにしていた。これではいつまで経っても解決はしないと、資料館で実態を知ってもらうことがいいんだと、資料を集めたり、ビデオで見てもらったりした。そういう活動を続けてきたからこそ96年のらい予防法廃止となり、01年の熊本判決となった。08年衆参両院において、超党派でハンセン病問題の基本法ができ、今年4月施行。ハンセン病はこれまで隔離を主としてきたが、この法律はハンセン病を外に開放しようと言うところに主眼がある」

療養所はどこも次の時代を見すえている。温泉がある草津の療養所は群馬大学医学部が後押ししてアトピーの療養所を造ろうという運動をしている。全生園は特養老人ホームなどの福祉施設構想があるが、保育所不足から保育所の構想もあると佐川さんは話した。

昭和20年3月10日、東京大空襲により下町では10万人以上が犠牲になった。亀戸に住んでいた佐川さんも家を飛び出した。焼夷弾が落ち火の粉が飛び散り、あちらこちらで煙を吸って倒れている人がいた。

「防空頭巾にも火が付いて、踏んだり叩いたりして消していたけど、煙を吸って倒れてしまった。そしたらおとなの人が、あんちゃんしっかりしろ、と引っ張ってくれた」

九死に一生を得た。夜が明けてから線路を歩いて千葉の親戚に向かった。両親と再会し無事を喜んだ。それも束の間、母が「妹はどうした」と聞くと、「お母さんと一緒じゃなかったの」。母は驚いて絶句した。

佐川さんは焼夷弾の影響で手足や顔にやけどを負った。千葉の大学病院で診察を受けた際、医師は顔を触ったり針で突いたりした。「どうもレプラ（ハンセン病）みたいだから、東京の全生病院に行きなさい」と告げられた。全生病院で再度診察を受けたところ、ハンセン病だった。東京は空襲があるうえ、全生病院は定員オーバーのため、草津の療養所をすすめられた。

「母は、悪いけどこの病気になったら生きていてもしょうがないよ、死になさい。そう言われました。でもぼくは、いつでも死ねるから。空襲であれだけの人を見たから死ぬのは怖くない。とにかく行ってから考える、といって5円もらって家を出ました」

佐川さんは14歳。不慣れな土地のため降車駅を間違えた。ブルブル震えながら渋川駅で夜を明かした。最寄りの長野原駅に着いたのは3月26日午後1時過ぎ。ここから12キロの道のりを歩かざるを得なかった。ヒザまで雪があり寒さは身に滲みるし腹も減った。

「途中何回か崖をみて、母の言うとおりここに飛び込んだ方がいいのかなと思ったりしました。でも、もう少し行ってみようと気を取り直して歩いて、また崖に飛び込もうかなと。とうとう草津まで歩いた」

療養所に着いたのは午後8時過ぎ。部屋に入ったものの寒さは半端ではなかった。

「(草津で)一番思い出深いのは重監房の飯運びを半年間やったこと。各国立療養所には監房がありました。だけど草津の療養所にはもう一つ、昭和13年に建てて昭和22年の人権闘争で壊された特別の重監房があった。9年間で全国から92人入れられた。冬の零下16度

17度のなか、敷き蒲団一枚、掛け蒲団一枚で入れさせられる。17人が凍え死んでいる。蒲団が凍り付いてとれなかったことも。私が飯運びしている間にも2人死んで、火葬までしました」

重監房は隔離政策の象徴でもあった。「お前、草津に行くか」。療養所の職員は反抗的な入所者に対しそういう言葉を放った。ささいなことで入れられたケースもあった。現在はこの重監房を復元する運動を佐川さんたちは続けている。

昭和33年、身延深敬園に移転した。尊敬する先輩がいて、ぜひここに残れといわれた。

「朝昼晩とお勤めがあるんです。朝はほとんど行きませんでしたが、昼はほとんど行きました。夕方はときどき。綱脇龍妙園長の娘の子どもが8歳で、物凄い高い通る声で立派にお経をあげるんです。びっくりしてこんな小さな子どもがあげられるなら、覚えられないことはないだろうと一生懸命お経本をみてやったら、いつの間にか覚えて読めるようになりました」

深敬園は、日蓮宗僧侶の綱脇龍妙（1876～1970）が明治39年に創設した日本人による最初のハンセン病施設である。患者の減少などにより、平成4年（1992）、90年近い歴史に幕を閉じた。

さて佐川さんは昭和39年には多磨全生園に移った。全患協(全国ハンセン病患者協議会)

の本部で働き、障害者団体や市民らとも連携してさまざまな運動に携わった。

昭和49年、事故が起きる。マンション工事現場で働くことになった佐川さんだが、右手が不自由なため人一倍手間取った。遅くまで作業して園に戻った。次の日は、園内の作業で炊事場を直すことになった。屋根にのぼったところまでは記憶しているが、「それっきりわからなくなった」という。

「目が覚めたらベッドの上。なんで俺はここにいるんだと聞いたら、何言ってんだ。お前は屋根から真っ逆さまに落ちて、耳から、口から、鼻から血がどぼどぼ出ていたんだ。担架で運んできたけど、顔は腫れていたんだ。4日間寝込んでいて、きょう目が覚めなければ助からないと言われたんだ」

死線を彷徨ったのは、空襲に続いて2度目だ。その後、温泉のある草津の療養所でしばらく療養したが、右目の視神経が切れて見えなくなった。

この後、全患協からの依頼で運動史をまとめたり、全生園70年の記録誌『倶会一処』の編纂に従事。平成5年、高松宮記念ハンセン病資料館（現在の国立ハンセン病資料館）の開設にあたり、資料収集のため全国の療養所を行脚。この資料館により啓発活動が前進したと佐川さんは評価する。現在は語り部の一人として入場者にハンセン病の歴史を伝えている。こうした活動から今年2月、「ヘルシー・ソサエティ賞」を受賞した。同賞は健全な社会と地域社会の幸せを願い、国民の生活の質の向上に貢献した人に贈られる。

「こういう運動ができているのは非常に幸せだと思っている。普通の人だったらこれだけ色んな人と知り合いになれなかったし、こういう運動もできなかった。これもうちの母ちゃん（サツ夫人）のおかげです」と妻の支えに感謝した。東北出身のサツさんは昭和16年に強制収容された。8歳から山菜を売り歩き、子守りにも出された。父親の炭焼きに付いていき、山小屋に残されたこともあった。

「うちの母ちゃんが言うんです。テレビで『おしん』という番組がありましたね。あれを見た時、『あー、おしんは幸せだ』と。『私の家は貧乏で貧乏で……』」。そう述べると思わず佐川さんの言葉が詰まった。「ほんとうに苦労した。…（今は）どんな人にも親切で、自分のものも人にあげる…」と妻を思いやった。

患者が患者を介護する時代もあったがいまはない。先人が歩んできた苦難の道のりをしんみりと語る。

「とにかくみんな苦労した。苦労して亡くなった人には、患者作業がなくなって、裁判で勝利した現在の状況を見て頂きたいなと思う。その一番苦労した人たちが納骨堂に入っている」

「千葉に家族の墓がある。家族はそこへ入れてあげると言っているけれど、断っている。

私は納骨堂に入るから、持っていかないでくれと。ここには年中色んな人がお参りに来てくれるが、お前たちは一年に一遍来るか来ないかだから、絶対入れるなと言っているんですよ（苦笑）。納骨堂は花や焼香が絶えない。何人も何人もの人が焼香して拝んでくれる」

納骨堂に刻まれている文字は「倶會一処」である。

多磨全生園（東京都東村山市）の納骨堂には「倶會一処」の文字が刻まれている

終戦65周年特別企画　２０１０年7月8日、15日、22・29日合併

日系仏教徒の戦争

長島　幸和　ジャーナリスト

今年は終戦から65年。戦争の記憶は年々風化の一途をたどるが、第2次大戦中に「敵性外国人」として強制収容所での生活を余儀なくされた日系アメリカ人や、まさにその強制収容所から兵役に志願した日系2世にとって、戦争の記憶はいまだに鮮明だ。もちろん、その中には多くの仏教徒がいた。

強制収容で仏教と出会う

長谷川良子さん

長谷川良子さん

戦争が始まった年の春、米国生まれの日系2世、長谷川良子さん（86）は米国に戻った。いわゆる「帰米」である。出身はカリフォルニア州北部の街へイワード。6歳の時に両親に連れられて神奈川県小田原市へ。二人の弟とともに祖父母の下に預けられ、以来、日本での生活を送っていたが、戦争の足音が次第に大きくなってきたので、両親が待つサンフランシスコに戻った。

しかし、それからわずか半年後に日米戦争が勃発。それに続き、強制収容されることになるなどと一体だれが想像できたであろう。西部諸州に住んでいた日系人約12万人の強制収容である。

「本当に混乱しました。呆然として、『なんで』『なんで』って。まったくわけが分からなかったんです」。これでは、まるで強制収容されるために米国に戻ったようなものではないか。

開戦に伴い、西部諸州の沿岸地方を特別取り締まり地区に指定。そして、ルーズベルト大統領の命令で、そこに住む日本人や日系人の強制立ち退きが可能になった。

長谷川さんらは最初、サンフランシスコ近郊のターラックという所に急設された「アセンブリーセンター」と呼ばれる集合所に送られた。内陸部に収容施設ができるまでの臨時収容施設だった。

長谷川さんはそこで、後に曹洞宗北米開教総監となる鈴木大等氏と出会う。鈴木氏は日曜学校のような集まりを毎週開いており、般若心経の教えを説いていた。運命の出会いだった。

「呆然として、何をしにアメリカに戻ってきたのか自問ばかりしていた時に聞いた般若心経の教え。心を和やかにしてくれたし、信仰の大切さを教えてくれました」

ターラックから長谷川さんらはアリゾナ州ヒラにできた収容施設に。さらに、そこで行われた米国への無条件忠誠と米国のために戦う意思を聞いた質問にともに「ノー」と答えたことで、そこからカリフォルニア州北部のツールレークの施設に送られた。長谷川さんのような、いわゆる「ノー・ノー組」と呼ばれる人たちと、日本への送還を希望する人たちを収容する施設だった。

「ターラックから鈴木先生がどこに送られたのか分かりませんでしたが、ツールレークでは意外とみんなしっかりしていて、収容所のバラックを住みやすいように工夫するなどしてました」

ツールレークは計10カ所に造られた強制収容所の中で最も多くの日系人が収容された所で、最高時で1万9千人が収容された。それだけに日本的な雰囲気は強く、さまざまな文化活動が行われ、それぞれのブロックには日本語学校もできた。

「国民学校と呼んで、第一から第八までありました。私は第一国民学校で教科書を作るのを手伝ったのですが、そこで教師を勤めていた主人に会ったんです。やはり小田原の出身で、その時はただ『同郷の人』というだけだったのですが、心に残った人で、戦後間もなく遠縁の親戚を通じて再会し、1949年に結婚しました。ロサンゼルスの禅宗寺で式を挙げたのですが、司式を務めてくださったのが何とターラックの鈴木（大等）先生。縁というものを感じました」

ツールレークでも日曜日に仏教の説教があったが、ほとんど行かず、鈴木氏の司式による結婚を機に仏教にのめり込んでいった。戦時中の祖父母の死去も大きかった。「私を育ててくれた人が死去したのに、戦時中だったために何もできなかった。遅ればせの恩返しのようなつもりで、仏教に入っていきました。ご先祖さんはみんなこちらに持ってきています」

1982年に禅宗寺の檀家となり、85、86年と婦人会の会長を務めた。子どもがいないため、夫の新男さんが２００２年に死去してからは一人住まいで、現在はロサンゼルス・ダウンタウンの日本人街から車で５分ほどのところにある日系の引退者ホームで暮らしている。

「主人が亡くなってから、ボランティアの活動や、坐禅、写経にと、もっとお寺が近くなりました。心の拠り所なんです。ターラックで聞いた般若心経。いまでも毎朝、読経しています」

子ども心に刻んだ「反戦」

安孫子洋さん

西本願寺ロサンゼルス別院の現輪番、安孫子洋さん(69)＝ロサンゼルス出身＝が強制収容所に送られたのは、満1歳のころだった。母親と2歳半年上の兄とともに、アーカンソー州のジェローム収容所に収容された。そこからカリフォルニア州北部のツールレーク収容所に移され、そこで開戦直後にＦＢＩによりニューメキシコ州の抑留所に連行されていた父親の義孝さんと合流。終戦の年の12月に日本に行った。義孝さんはツールレークで、前回の長谷川良子さんの夫となる人とともに、第一国民学校で教師を務めており、開戦当時はロサンゼルス南のオレンジ郡を中心に布教活動に従事していた開教使だった。日米戦争勃発で、まず日系諸団体の有力者や日本語学校の教師、そして仏教の開教使らがＦＢＩに連行されたのだった。

義孝さんは滋賀県出身。正光寺という寺の次男だった。洋さんは、父親はあまり戦時中のことを話したがらなかったというが、義孝さんが日本に帰ることを決めたのは、妻の宣子さんの父親が「日系人は戦争でひどい目に遭っているから助けに行く」と言ってきたので、無事なところを見せるため、というのが当初の目的だったようだ。

安孫子洋さん

安孫子さん一家はツールレークから汽車でオレゴン州のポートランドへ。そこから軍用船ゴードンで日本に向かった。船は日本に帰る人たちでいっぱいだったという。船が日本に近付き、富士山が見えてきた時だった。横須賀に入港する船が傾いた。みんなが富士山の見える側に移動したためだったという。しかし、横須賀に着いてから安孫子さんが幼心に目にしたものは、敗戦国・日本の惨状だった。

横須賀に着いてしばらくは軍人らの宿営のようなところに滞在。そこから上野へ行き、滋賀に向かった。いくつもの汽車を乗り継いで行く旅だった。「それは凄まじいものだった。汽車の屋根にも大勢の人たちが乗っており、窓はなかった。私は網棚に乗せられたのを覚えている」。母親はツールレークで生まれた娘を抱えていたが、とにかく列車は人でぎゅうぎゅう詰めだった。

汽車が京都駅に着くと、同じ年頃の子供たちが物乞いをしている場面に出くわした。汚い身なり。薄い毛布に身を包んで「おなかが空いたよー」と泣いている。自分は強制収容所に入れられていたにしろ、それなりの服装だ。食べ物だって、一応はある。収容所の中で描いていた日本のイメージと、あまりの落差だった。「まるで地獄図のイメージ。とにかくショックだった」

滋賀でも歓迎はなかった。家族を連れて帰ってきた義孝さんに、義孝さんの母親は「なんで帰ってきたんや」と、冷たかった。「迎えに行く」と言っていた宣子さんの福井の実家でも同じだった。

それから1年半後、ツールレークで生まれた妹が栄養失調で死んだ。2つ半だった。戦争による犠牲者と言っていいだろう。米国にとどまっていたら、死なずに済んだかもしれないのに。悲しみは深かった。

義孝さんはこの後、広島別院へ赴任。原爆で倒壊した本堂復興が主な任務だった。洋さんは爆心地に近い本川小学校に入学したが、校舎が原爆で全壊したこともあって、毎日あちこちの片付けをさせられた。同校では集団疎開しなかった児童ら４００人以上が原爆の犠牲になっており、頭蓋骨が出てくることもあった。

そうした日々の中、級友が相次いで死んでいく。毎日一緒に学校に通っていた仲良しのよっちゃんも、最初は髪の毛が抜けていって、そして死んだ。「考えてみると、小学生のころから死と隣り合わせだった」

洋さんはそうした日本での幼児体験が、その後の人生を決する重要な要素だったと振り返る。

「記憶ができ始める4、5歳のころから10歳までを過ごした日本。そこで目にしたもの、体験したことはまさに敗戦の悲惨だった。それをどう見たらいいのか、どう考えたらいいのか。生死を乗り越えるものを探すようになったのは、小さい頃のそんな日本での体験があったからだと思う」

その後、広島別院から札幌別院に移動した義孝さんが肺炎を起こしたのがきっかけとなり、義孝さんの健康回復と子供たちの教育のため１９５４年、一家で米国に戻る。洋さんはアラメダ高校を出てから州立大学に進み、65年に卒業。徴兵でベトナムに送られる可能性があったが、「敗戦はつくらせてはいけない」と兵役を回避し、宗教の勉強のため日本に行って、龍谷大学で仏教学の修士号を取得した。そしてインドを回って米国に戻り、サンノゼ別院、パラアルト仏教会、サンフランシスコ仏教会を経て昨年、ロサンゼルス別院の第九代輪番に。

「縁があってこういう過去を持つことができた。それを大切にしながら、体験で得たものを分かち合って行ければと思っている」

母を殺した国の兵として

水野ハリー義徳さん

第2次大戦中、多くの日系人が「敵性外国人」として強制収容されたが、同時に、多くの日系人が米国の兵士として戦場に赴いた。強制収容所に親を残したまま、そこから志願して兵役に就いた日系の若者たちもいた。彼らは、その屈折した心情を晴らすかのように、戦場で数々の殊勲を上げたが、第2次大戦後、米陸軍の軍属（アーミー・シビリアン）と

水野ハリー義徳さん

して日本で働き、軍事情報部（MIS）部員として朝鮮戦争に従軍した水野ハリー義徳さん（83）＝ユタ州ビンガム出身＝の場合、屈折の度合いはさらに大きかったのではないかと思われる。米軍による空襲で母親と妹が殺されたことを知った上で、それでも「アメリカには恩がある」という親の言葉を心に、その国の兵士となって戦ったのだ。

1944年末ごろから、米軍は日本本土の空襲を激化。翌45年3月10日の東京大空襲では約10万人が死んだ。静岡県清水市が爆撃を受けたのは同年7月7日のこと。軍需工場があったために狙われた。

水野さんらが日本に行ったのはその前、1938年のことだった。沼津出身の父親は日露戦争後、米国に渡り、最初は農業に従事。その後、鉄道敷設工や銅山の鉱夫として働いたが、そうした苦労がたたってか、水野さんが小学校4年生の時に死去。当時7人の子どもを抱えていた清水市出身の母親は、義兄から「面倒をみるから帰ってこい」と言われ、日本に帰ったのだった。夫の遺骨を郷里に埋葬するためでもあった。

数年後、領事館から手紙が届く。日米関係が悪化しているから、米国に戻ったほうがいいとの勧告だった。水野さんと二人の姉は米国に戻った。

日本には母親と姉、妹、弟が残ったが、ようやく米国に帰る手続きを終え、浅間丸で横浜を出港したまではよかった。しかし、途中で船は引き返した。日本の仏印南部進駐を受け、米国政府が国内の日本資産の凍結や石油の対日輸出禁止などの制裁措置を発表したため、日本資産の一環として浅間丸が接収される可能性を恐れたのだった。こうして母親らは、日本から出ることができなかった。

そして、日米開戦。水野さんはユタ州の叔父のところに住んで、中学校に通っていた。ユタ州の日系人は立ち退きの対象になっていなかったが、警察に「家から10マイル以外のところには出るな」と言われたという。水野さんが高校を卒業した年に終戦となった。

その翌年、水野さんは再び日本の土を踏む。米陸軍将校らの世話をする軍属としてだった。そこで母親と妹が米軍の空襲で死んでいたことを知った。清水大空襲による死亡だった。

「従兄弟が興津の橋に住んでいて、清水がやられたというので、自転車で見にいったら、玄関のところに入歯が落ちていたという。『やられたな』と思ったら、もう骨だけになっていたという話だった」

水野さんはたまらなかった。そのショックは、怒りとなって爆発する。当時多くの人々が疎開していたのに、母親らは「してはならぬ」との通告を受けていたため、清水市にとどまった。それで空襲に遭った。だから、そんな通告を実際に与えた日本の警察に反発。「警察を見たら、喧嘩していた」。空襲を指揮した米国の司令官にも食いついた。「司令官は何も言わなかった」。「仇を撃つつもりだったのか。「今から考えると、何であんな馬鹿なことをしたのかと思う」と言うが、いかにショックが大きかったかを如実に物語るエピソードと言えそうだ。

5年後の1951年、日本から再び米国に戻り、ロサンゼルス市立大学に入学したが、1年もしないうちに、今度は徴兵され、朝鮮戦争に従軍した。

「小さい頃から親によく言われてました。あなたたちはアメリカに生まれて、アメリカの学校に行かせてもらって、アメリカの教育を受けさせてもらった。だから、アメリカには恩がある。アメリカのために尽くす義理がある。恩返しを忘れないように」

母親や妹が米軍の空襲で死亡したことを知ってから5年後の米軍入隊。その時どんな心境だったたか。

ちなみに、水野さんによると、数々の殊勲を上げた442部隊の隊員はじめ、第2次大戦に従軍した日系兵士には仏教徒が多かった。特にハワイからの日系兵士がそうだった。

お札を持ち、数珠を手にしていたことで分かったという。水野さんの義兄や叔父も442部隊に所属。水野さんも小さい頃から日蓮宗の信徒として育ち、今でも毎週日曜日、説教を聞きに住んでいるオレンジ郡サイプレスからロサンゼルスのお寺に娘さんと通っている。

ながしま・ゆきかず／昭和23（1948）年千葉市生まれ。早稲田大学を卒業後、会社勤務などを経て1979年渡米。1980年から加州毎日新聞、1984年から2007年まで羅府新報の日系新聞社に勤める。

レポート2014年3月6日

ビキニ水爆実験

第五福竜丸以外の漁船も被ばく

柿田　睦夫　ジャーナリスト

ビキニ環礁での水爆実験による被災は第五福竜丸だけではなかった。延べ1000隻にも及ぶ被災漁船とその乗組員がいた。事件から三十数年後、日米「政治決着」によって埋もれていたその事実を掘り起こしたのは、高知県の高校生たちだった。

「幡多(はた)高校生ゼミナール」。県西部の公立高校9校の生徒が1983年に結成したサークルである。1985年、広島・長崎原爆40周年にあたる地域の被爆者調査のなかでビキニ被災漁船員の存在に突き当たった。その追跡調査に科学者、医師ら有志の県民が加わり「県ビキニ水爆実験被災調査団」が発足する。

米国は1946年から17年間に、太平洋で102回の核実験をしている。そのうちビキニ環礁での実験は23回だった。

ビキニ原爆実験による被災から60年を迎え、焼津市を行進する久保山愛吉さん墓前祭の参加者（2014年３月１日）

「遠くの空が、ぶあーっと光ってねえ。その後真っ暗になって、灰が落ちてきて…」第十三幸栄丸の元乗組員（土佐清水市）の証言である（高知新聞２月28日付夕刊）。１９５４年３月１日、第五福竜丸と同じ海域にいた。３月下旬、神奈川県三崎港に帰ると、すでに第五福竜丸事件で大騒ぎだった。マグロは没収・廃棄させられた。

第五福竜丸が焼津港に入港して直後の３月18日、厚生省（当時）は焼津、三崎など５漁港に魚の放射能検査を指示。同５月には水産庁がさらに13漁港を調査対象に加えた。検査の結果、放射能汚染魚を廃棄した船は延べ９９２隻で、そのうち３割にあたる２７０隻が高知の漁船。これが政府認定の被災船数となる。被災船の一部は韓国に売却されたことが幡多ゼミの調査で判明している。

ところが検査開始10カ月後の同年12月、検査は閣議決定によって中止となる。1週間後の1955年1月4日、日米両政府は交換文書を交わした。①米政府は日本に「慰謝料」200万ドルを支払う、②その配分は日本政府が決める、③日本政府はこれを原子核実験による一切の損害に関する請求の「最終解決とし受諾」する——という内容だった。ビキニ事件に幕を引く政治決着だった。

当時もその後も、多くの乗組員たちが死に、正体不明の病気で苦しんでいた。幼児期に長崎で被爆し、母の実家の高知でマグロ船に乗り込んで2度目の被爆をした青年もいた。彼は神奈川県の病院を抜け出して海に入水した。

室戸水産高校生は1954年5月、委託実習生としてカツオマグロ船に乗り込んだ。帰国後、様々な症状に見舞われた。白血球が低下し、再生不良性貧血と診断され、同年12月、21歳の誕生日の2日前に死んだ。

がん、再生不良性貧血、心疾患、糖尿病、肺血腫…、さまざまな診断がされたが、第五福竜丸乗組員につけられた「放射能症」という病名はない。その第五福竜丸乗組員にも原爆手帳は交付されなかったそうだ。米政府が払った慰謝料（賠償ではない）は主に漁業・漁船被害に当てられ、医療補償は対象ですらなかった。

第五福竜丸の無線長久保山愛吉さんは「水爆の被害者は私を最後にしてほしい」と言い遺した。だが久保山さんの死は、「被害の始まり」だった。

日米政府が幕引きを急いだ背景には米国の「原発戦略」があったとされる。ビキニ事件の翌年、1955年夏に「原子力平和利用国際会議」があった。日本の科学者が放射線被ばくの被害実験について報告を準備したけれど、日米政府の意向で阻止された。この事実を示す文書が2月、米国立公文書館で発見された。

共同通信（2月28日）はそのいきさつを次のように伝えている。

「大統領は（ビキニ事件を契機とする）日本の反核のうねりに懸念を表明。ビキニ事件の政治決着を急ぐと同時に、平和利用名目で新たな『原子の火』を日本にともすことで事態の沈静化を狙った」

同年12月、日本は原子力基本法を公布。1957年8月、茨城県東海村の米国製実験炉で「原子力の火」点灯。日本の原発政策がスタートする。

かきた・むつお／1944年高知県生まれ。統一協会やカルトなど宗教問題を数多く取材。著書に『霊・因縁・たたり―これでもあなたは信じるか』『自己啓発セミナー―「こころの商品化」の最前線』『現代葬儀考―お葬式とお墓はだれのため?』など。

レポート　２００６年８月10日

戦犯を追悼した〝終戦仏教〟

昭和天皇のメモが大きな関心を集めている。靖国神社にA級戦犯が合祀されてから、参っていないことを示唆した内容だからだ。８月15日を前に靖国問題は毎年のように再燃する。ひるがえって、仏教者は、いわゆる戦犯（戦争犯罪人）とどのように関わってきたのか。またどのように追悼してきたのかを終戦直後の動向を中心にレポートする。

◆

昭和20年８月15日、日本はポツダム宣言を受諾し、戦争が終結した。翌９月、連合国（GHQ）側は、東条英機らをA教戦犯として逮捕命令をだした。A級は平和や人道に対する罪であり、１００人を超えた。最終的に28人が起訴され、戦争責任が問われることになった。この東京裁判の性格について種々の意見が提起されているが、ここでは触れない。

昭和23年11月12日、東京裁判市ヶ谷法廷でこのうち、松井石根（元陸軍大将）土肥原賢二（同）板垣征四郎（同）木村兵太郎（同）東条英機（同、元首相）武藤章（元陸軍中将）広田弘毅（元首相）の７人に周知の如く死刑（絞首刑）が言い渡された。病死や訴追免除を除く25人全員が有罪。２人禁固刑のほかは終身刑。昭和天皇メモで名指しされた白鳥敏夫（元外交官）も終身刑だ。

戦犯を収容する巣鴨プリズンの初代教誨師を務めていた花山信勝（本願寺派僧侶・東大教授、１９０８〜１９９５）は昭和21年２月からここに通った。捕虜に対する扱いなど戦時法規違反とされるＢＣ級戦犯にも接していた。その花山がＡ級戦犯に対する死刑執行を告げられたのは昭和23年12月21日だった。「12月23日午前零時１分死刑執行」。そのため22日に２度にわたって７人と面談した。もちろんそれ以前から教誨師として、法話をしたり、アドバイスしたりしていた。

死刑執行の時間が迫る。土肥原・松井・東条・武藤の４人が第１組だった。刑場へすすむあいだ、「『念仏』の声が絶えなかった」（花山『平和の発見』百華苑）という。２組目は板垣・広田・木村の３人。死の直前に書いた署名が絶筆である。手錠をしたままだった。

「こうして、すべては終った。さきほどまで笑って話していた７人は、いま沈々として横たわり、微動だもしない。これほど、生と死の境が一つになっていることも、あまりなかろう」（花山、前掲書）

花山はそれぞれに「光寿無量院」を冠した法名をおくった。例えば東条英機は「光寿無量院釈英樹」である。「光寿無量院釈」の形式はBC級の刑死者にも用いられた。

横浜市久保山。すり鉢状の斜面には数多くの墓石が林立する。ここに久保山斎場があるが、かつてこの火葬場でA級戦犯7人は荼毘に付された。

花山が書いているように遺骨に関して連合国側は、「遺骨は軍規で渡せない」「どこに埋葬したかも知らせられない」と厳しい姿勢だった。そのため花山は面談の折に頭髪や爪を遺すようにしていた。

A級戦犯も同じだが一つのドラマがあった。久保山山上にある曹洞宗興禅寺。境内の一画に昭和42年に逝去した「市川伊雄大和尚顕彰碑」が建つ。同寺の先代住職。碑文の末尾にこうある。

――東條元首相外六氏は久保山火葬場において火葬。其の遺骨の総てが遺族に還らざるを知り愕然、出家の身として黙し難く身の危険をも顧りみず其の遺骨を搬出。秘かに当寺に安置回向其の冥福を祈る――（句読点補足）

東京裁判の弁護士は遺骨を遺族のもとに帰るよう働きかけていたが、実現性は乏しかった。火葬場も特定できないでいた。当時、遺族への遺骨返還を主張していた三文字正平弁護士（小磯国昭元首相の弁護人）は、久保山の火葬場場長から寄せられた情報から久保山であることを確認。24日夜半（26日説あり）、市川住職と三文字弁護士は場長の案内で厳戒網をくぐり抜けて中に入った。7人の遺骨のほとんどは連合軍によって処理されてなかったが、事前に残骨があることは確認済み。そして、遺棄されていた骨壺一杯分ほどの遺骨を回収することができた。見つかったら極刑間違いなしである。

まず興禅寺に安置。というよりも隠された。翌年5月、三文字弁護士と遺族らが松井石根の家がある熱海市の伊豆山を訪れた。伊豆山には松井が怨親平等の精神から建立した「興亜観音」がそびえ立つ。興亜観音の堂守に「知り合いの遺骨だが、時期が来るまで誰にも分からぬように秘蔵しておいて欲しい」と要望。堂守は「一見して七士のものであると直感され、こころよく承諾された。日本が占領されている間は、絶対によそに洩れないように、埋めた場所を変えたりして隠しとおされた」（興亜観音を守る会パンフ『興亜観音』ってなぁーに」）。

一説には骨灰を壁に塗りこんだという話しもある。それだけ困難かつ慎重さが求められたのである。昭和26年のサンフランシスコ講和条約を経て昭和34年4月、吉田茂元首相の揮毫による「七士之碑」が除幕。遺骨はその下に埋葬されている。翌35年5月には愛知県幡豆郡の三ヶ根山にも分骨。ここには「殉国七士之墓」が建墓された。

ところで興亜観音だが、松井石根が日本と中国の戦死者を追悼するために昭和15年に建立。観音像は中国の戦場から土を取り寄せ、日本の常滑で焼かれた。制作者は陶工師の柴山清風である。本堂には「支那事変日本戦没者霊位」と「支那事変中華戦没者霊位」と両国犠牲者の位牌を祀る。当時陸軍の中国派だが、南京事件の責任者とされる。しかし、松井自身は兵士の道徳的退廃を嘆き、泣いて叱ったというエピソードがある。中国人犠牲者に対するいたたまれない気持ちが観音建立に到ったようだ。

現在は超宗派の単立宗教法人「礼拝山興亜観音」として、あらゆる宗教の儀礼を受け入れている。

他方、国柱会（東京都江戸川区一之江）の妙宗大霊廟には板垣征四郎の喜久子未亡人の勧めにより、東条、木村の遺骨が納骨されたという記録がある（『国柱会100年史』）。おそらく火葬場から回収された遺骨を分骨し遺族にも渡されたものであろう。

遺骨ではないが、戦犯教誨師を務めた花山信勝の自坊、本願寺派宗林寺（金沢市）の境内には控え目な碑がある。「光寿無量院之碑」であり、A級戦犯7人の絶筆署名が刻まれている。昭和40年7月の建立である。

花山の後を継いだのが大正大学教授の田嶋隆純（1892〜1957）である。昭和24

年6月に就任。真言宗豊山派に属し、戦前にはフランス留学した。全く夢想だにしていないところへ、急に引き受けざるを得なかった。だが、その活動は「巣鴨の父」と称賛されるように収容者に愛され、田嶋自身も戦犯の減刑・助命運動に心血を注いだ。

そして「ひたすらに国家の安泰と世界の平和を祈念しつつ、従容として死に就かれた諸霊を懇ろに慰め、かつその志を後世に伝える為に、私は戦争受刑者一同の熱烈な念願を体して、護国寺境内に『身代わり平和地蔵尊』の建立を発願した」。曹洞宗の高階瓏仙、浄土宗の椎尾弁匡ら超宗派の協力を得て昭和28年3月24日に開眼した。巣鴨で倒れ、回復したものの、田嶋は昭和32年7月24日、逝去。その一周忌に自坊、正真寺（江戸川区北小岩）に「隆純地蔵尊」が奉安された。揮毫したのはA級戦犯として終身刑をうけた嶋田繁太郎（元海軍大将）である。今年7月24日は田嶋の50回忌の命日だった。

平成6年、高野山・奥の院に「昭和殉難者法務死追悼碑」が有志の手で建立された。BC級を含め海外法廷で死刑となった人たちを追悼するものである。

寺院や地域に平和を願い、「○○慰霊碑」「○○供養塔」「○○観音」などとして祀るケースはよくある。そこには怨親平等の精神が見られる。世界的な仏教学者である故中村元氏は「戦争についての日本の伝統的精神は、戦後には敵味方すべての冥福を祈るということであった。これを『怨親平等』という」「この精神は神道においても実践されていた」（「靖

国問題と宗教」）と述べている。怨親平等――（一部敬称略）

【工藤信人】

花山教誨師のお寺である金沢市・宗林寺には A級戦犯が最期に揮毫した名前を刻んだ碑が建っている

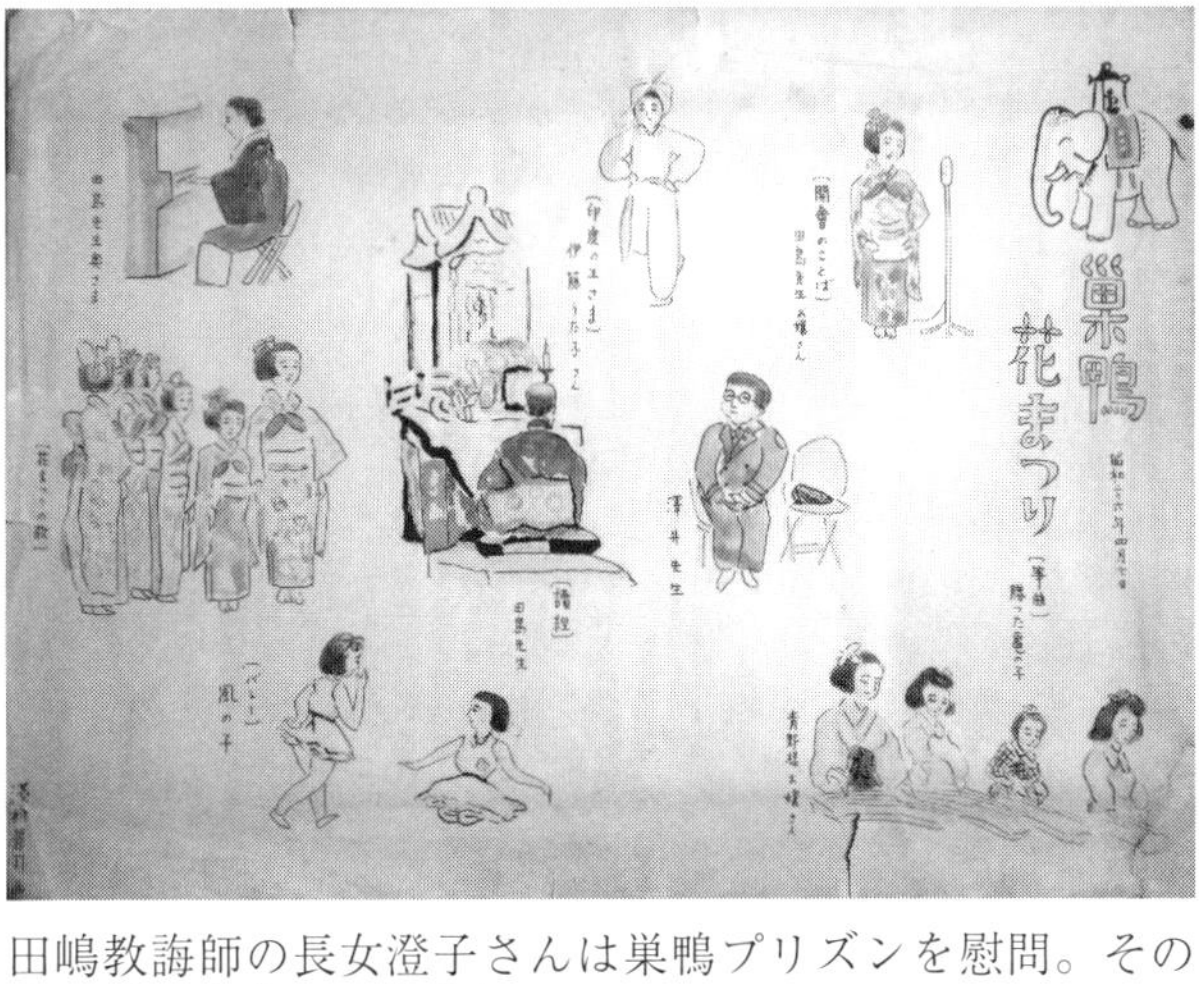

田嶋教誨師の長女澄子さんは巣鴨プリズンを慰問。その時の様子を表した貴重なスケッチ

記事　２０１４年５月８・15日合併

韓国・朝鮮人ＢＣ級戦犯問題を伝えるパネル展

「パネル写真と映像でたどる戦後69年目の韓国・朝鮮人ＢＣ級戦犯問題―長すぎる苦難の歩みといま」と題する展示会が４月26日から29日まで東京・中野のギャラリーで開催された。関連作品上映会やトークイベントなどを通じて韓国・朝鮮人ＢＣ戦犯をめぐる〝不条理〟が明らかにされた。

戦時中、日本軍は増加する俘虜（捕虜）の監視要員として朝鮮全土から３千人以上を徴用。きびしい軍事訓練の後、南方の俘虜収容所に送られた。日本軍は俘虜に道路や鉄道建設といった過酷な労働を課した。収容所の生活・医療や食糧事情も最悪の状態で、多くの俘虜が犠牲になった。本来なら日本軍の責任だが、現場で任務にあたった監視要員が戦後、連合国から俘虜虐待などでＢＣ級戦犯に問われることになった。韓国・朝鮮人１４８人が戦犯となり、23人が刑死した。

パネル展は、韓国・朝鮮人元ＢＣ級戦犯の組織「同進会」とこれを応援する会が主催。会場には監視要員の動員から収容所での行動、戦犯裁判の不当性、刑死者の遺書、戦後の補償運動など40点余のパネルや関係書籍が展示された。

同進会には70人の会員がいたが現在では当事者は５人となり、もっとも若い89歳の李鶴来（イ・ハンネ）会長がトークイベントに臨んだ。タイのヒントク収容所に配属された李氏は、終戦後に逮捕されたものの訴状は却下され無罪となった。帰国の途上、再び呼び戻されオーストラリア法廷で死刑を宣告された。無罪と死刑という振幅の大きさからオーストラリア当局は後に懲役20年とした。「奇跡であり、減刑はめったにないこと」と述懐しつつ、それまで８カ月にわたり死刑囚として過ごした緊張感を語った。

ちなみに李氏はシンガポールのチャンギー刑務所に収容されたが、その時の教誨師が現地で終戦を迎えた故田中日淳師（元日蓮宗管長・池上本門寺貫首）だった。

トークでは、同進会を支援し続けている内海愛子氏（恵泉女学園大学名誉教授）が日本の俘虜政策など背景を補足して説明。韓国・朝鮮人および台湾人戦犯を連合国は「日本人として裁き」、韓国・朝鮮人は23人、台湾人は21人が死刑となった。有期刑者は「日本人」として服役。日本に移管された後も「日本人」として服役を続けた。昭和31年（１９５６）に釈放されるが、今度は韓国・朝鮮人、台湾人として扱われ、軍人恩給など一切の補償制度から排除された。

日本側の「不条理」を繰り返して指摘する李氏の理由の一端がここにある。同進会は1955年の鳩山一郎首相から現在の安倍首相にいたる歴代首相に要望書を提出し解決を求めてきた。1990年代には裁判を開始し不条理の是正を訴えた。請求棄却（東京地裁）、控訴棄却（東京高裁）、上告棄却（最高裁）となったものの、事実関係を認め裁判所は「この問題の早期解決を図るため適切な立法措置を講じることが期待される」と国会に促した。2008年に法案が議員立法で国会に提出されたが、一度も審議されず廃案となった。

李氏は「司法の見解を受け止めようとしない日本政府は不条理。早く立法化し、名誉回復をして欲しい」と高齢を考慮しての早急な対応を要望した。

最終日に話した参院議員の有田芳生氏も「民主党政権の時に立法措置をしなければならなかった」と悔やんだ。さらに今年1月、問題解決に向けて質問主意書を提出したところ、安倍首相名の答弁書は法案作成の考えがないことなど「木で鼻をくくったような回答しか出てこなかった」と憤慨。そして「人道的な問題であり、与党の公明党にも働きかけている。与野党問わずきっちり解決しなければならない」と決意を述べた。

現在、同進会を応援する会では、署名活動を行い立法化のための運動を進めている。また5月20日午後1時半から東京・永田町の衆院第一議員会館で院内集会を予定している。

※注　ポツダム宣言の中に「吾等の俘虜を虐待せる者を含む一切の戦争犯罪人に対しては厳重なる処罰を加へらるべし」とある。一般に戦犯はABCに区分されるが、罪の重さを示すものではない。Aは「平和に対する罪」、Bは「通例の戦争犯罪」、Cは「人道に対する罪」とされる。A級では7人が死刑判決だが、BC級では984人に上った。刑死者と病死者を含めると約1千人。

韓国・朝鮮人 BC級戦犯者の問題を訴えるパネル展(2014年4月)

あとがき

今、戦争の危機の中で先人に学ぶ

多くの方々のご論考を目のあたりにして、あらためて弊紙が多くの方々に支えられてあったものであることを認識した。まず深い謝意を表したいと思う。

それぞれのご論考、インタビュー等の中から時代の様相がみえてくる。私事で恐縮だが、私は１９４３年（昭和18年）生まれである。私は戦争を全く知らない。母が私を背負って側溝に身を隠して、空爆を避けたということを聞いたぐらいのものである。

しかし、戦後の食糧難のひどさをものごころついた頃に感じたのも確かである。したがって本書の先輩方の体験は私にとって極めて重いものとなっている。

私たちの国はかつて、このような状況にあったという紛れもない事実の中で私は言葉を失う。「過去に学ばない者は未来をひらくことができない」という有名なヴァイツゼッカーの言葉が多くの人々によって言われるが、なかなか実質が伴わない。

過去に学ぶということは過去をこの身に担って「今」を生きるということである。この国は70年間戦争をしなかった。しかし世界各地での戦争と無関係であったわけではない。アメリカを中心とした戦争の前戦基地が日本列島であった。私は高校生の頃沖縄からベトナムへ向かう戦闘機にショックを受けた。枯葉剤散布がもたらした被害は50年後の今も続いている

今、私たちはこの国がまぎれもなく軍事国家へと向かう途次に生きている。２０１３年12月6日の「特定秘密保護法案」の成立。さきの9月19日の「安保関連法案」（一般に戦争法案と言われている）のごり押し制定（可決ではない）などは、まさに軍事国家への素地を成すものであることは、誰の目にも明らかである。

このほか教育への介入、とりわけ大学教育における人文系の改組、転換問題。メディアへの異常な抑圧等々。もうすでに軍事国家への青写真は完成しているといってもよい。私は本書に収められた多くのご発言等を丁寧に読破した。それはこの拙稿を書くためではない。いや最初はそうであったことを告白する。しかし次第に引き込まれ時間を忘れた。

それぞれの方が、それぞれの場で、それぞれの「いのち」を生きている、と言うことを実感したからである。ここにご登場いただいた方々の「いのち」の歴史。そして、犠牲となった方々の「いのち」の無念さを想うとき、どんなことがあっても「戦争」をしてはな

らない。「戦争」に加担することは一切拒否する、というたしかな思念をもつことの重要さを教えていただいた。

「終戦から70年」といわれた年も終わろうとしている。70年戦争をしなかった。この国の歴史は世界に誇るべきものである。しかし、今また、戦争をしたがっている人が多くいる。「すべての人は戦争を憎む」「誰も平和は好き」といわれる。しかし私はこの言葉を信じない。「経済振興のため」「国力を誇示するため」「資源確保のため」に人は好んで戦争をする。そのような人は過去にも多くいた。そして現在も。

武器輸出をして経済の活性化をはかり、環境破壊の極限である原発を外国に売りつけて巨利を貪る。この国はいつからこんな品性のかけらもない国になってしまったのか。ここにはこの国の未来はない。使いたくない言葉だが「一億総破壊」をもたらす政権に「否」をつきつける。それが宗教者の今日的責任であるといったら過言であろうか。収録されたものの中には私と軍隊観といったものを異にするものもあるが、それもまた私の学びを深めてくれる発言として読ませて戴いた。「如来は歴史の場ではたらく」（桜井鎔俊師）のである。混迷、濁悪な世に「仏」の真実がはたらき、私たちを闇から解放してくれるのである。五濁悪世といわれる今日の状況にあって本書はまさに時宜を得た刊行であるといったら自讃にすぎるであろうか。一人でも多くの方に手に取っていただきたいと思う。

平成27年（２０１５）11月

武蔵野大学名誉教授・仏教タイムス社社長　山崎龍明

㈱仏教タイムス社

昭和21年（1946）7月25日、原爆が投下された広島で浄土真宗本願寺派僧侶にしてジャーナリストの常光浩然（1891－1973）によって宗派を超えた仏教伝道の機関紙として創刊。4年後に拠点を東京に移した。今日、仏教・宗教界の情報紙としての役割を担う。

昭和44年（1969）に『佛教大年鑑』発行。

平成24年（2012）に『震災と仏教界―東日本大震災報道1年』、同26年（2014）『震災復興と仏教界―東日本大震災報道II』を発行。

仏教者の戦争体験

平成27年（2015）12月1日　初版発行

編　集　仏教タイムス社編集部

発行者　山崎龍明

発行所　仏教タイムス社

〒162-0843　東京都新宿区市谷田町2-7　東ビル6階

電話 03-3269-6701　FAX03-3269-6700

info@bukkyo-times.co.jp

ISBN　978-4-938333-06-5